シニアライフの本音

充実80代の
快適生活術

中村嘉人
nakamura yoshihito

言視舎

前口上

今年、八十八歳になった。

まわりの人は「八十八といえば米寿ですね。おめでとうございます」と言ってくれるが、ナニが米寿だ！　目出度いことなんか、何ひとつない。気がつけば、一人旅。まわりを眺めれば、かつて一緒に歩いていた仲間たちは、もう見あたらない。あんなに笑ったり泣いたりした仲間たち……。わたしは置いてけぼりをくった。

そもそも「長生きは苦の種」と自覚したのは、二、三年前のこと。体《からだ》じゅう故障だらけ、痛いところだらけ……。もはや満身創痍のくたばりぞこない！

腹立ちまぎれに「シニア・ライフの本音」と題して書きとめたのが以下の一文である。乞う、一読。

二〇一九年秋

はじめに

のっけからお金の話なんぞ持ち出して、申し訳ない。

名前に金の字がつく友だちが三人いる。

まず一人目は金藏《きんぞう》さんだが、この人はわたしの古くからの年長の友である。金藏は姓ではなく名である。旧家の大金持ちだが、始末屋なことでも有名だった。もうとっくに亡くなられたが、どういうわけか、わたしはこの老人に可愛がられ、しばしば御馳走していただいた。

二人目は金田《かねた》さん。こちらは姓である。年齢はわたしよりずっと若い。アメリカやスイスにも自宅を構えているくらいだから、大へんな金満家だ。

三人目は大金《おおがね》さん。八十一歳。この人も姓にふさわしく、金持ちである。

もうご存じの方は殆んどあるまいが、わたしは五年ほど前に『人生、70歳からが愉しい』（亜璃西社・二〇一〇刊）という本を出した。仕事をリタイヤしてからの

気ままで自由な老いぼれ暮らしを告白した本だが、大金さんがこの本を大へん気に入ってくれて、顔を合わせるたびに、

「早く八十からの人生も書けよ」

と、口が酸っぱくなる程すすめる。

過日も、サッポロビール主催の第九百九十九回親睦例会の帰途、業《ごう》を煮やしたか、

「もう、そろそろ洗いざらい書いたらどうだい」

まるで悪事をひた隠しにしているスリか、泥棒なみあつかい。

実は、わたしがあの本を書いた頃は、

〈人生、最高に楽しいのは七十から〉

と、本気で思っていた。だから書けた。ところが、その後に事情は激変……。

体が勝手に死にじたくを始めた。

この春、わたしは八十七になる。腰や背中が四六時中、辛抱できないほど痛み出したのは、去年の春からだ。脳梗塞で倒れ、木偶《でく》のように脳神経外科病院へか

つぎ込まれたのは、二年前の春のこと。それからは老化が原因の大腸破裂、間質性肺炎と、病院漬け。今や、わたしは満身創痍のボロ雑巾！

老化つまり眼、歯、ヒザ、胃、肺……、とりわけ頭！　衰えはいかんともしがたい。そればかりじゃない。朝も昼も、飯を食べ終わるや、たちまち睡魔に襲われる。情けないかな、一日中、居眠りばかり。夜は夜とて、小便が近くなったせいで、何遍もトイレへ通う。いずれ昼日中でも、外出時は溲瓶《しびん》がわりにバケツをぶらさげて歩かなければならなくなるのではないか……。ビクビクしている。

わたしの体は、もはや耐用年数が切れたらしい。本書のタイトルこそ「シニアライフ」と気どってはみたが、実は「シニアライフ」どころか「ラストライフ」なのである。

まあ、こうなることは、かねてより覚悟してきた。それよりも、収入が年金だけになったため、いつもフトコロが淋しくなったのが辛《つら》い。なんたって老いの身には、これが一番こたえる。死刑宣告されたのも同然だ。

いやはや、またしても、ついお金の話を持ち出してしまった。申しわけない。

わたしは根が臆病なだけでなく、卑しい！
しかし……。
「もう、そろそろ洗いざらい書いたら！」
敬愛する大金さんにこうまでどやされては、逃げ隠れするわけにもいくまい。
わたしは蛮勇をふるい起こし、書くことに決めた。
二〇一六年　正月

シニアライフの本音　目次

第一章　老いぼれの四季

第一話　ゆっくり　ゆっくり

夜明けに目が覚めると、「さ、朝食の仕度だ」と思う。たちまちパンが焼ける匂いを思い出すが、すぐ階下の台所へおりて行くわけではない。目覚まし時計を止め、またベッドへ戻る。

冬だと、戻る前に石油ストーブの燃焼スイッチを押す。戻ったからとて、もう一度寝るわけでもない。寝室に使用している屋根裏部屋のベッドに腰をおろし、窓の外の胡桃《くるみ》の大木をボケーッと眺める。グズなのである。

しばらくたってから、ぼつぼつ着替えにとりかかる。冬は下着を何枚も重ね着するので、余計に時間がかかる。六時、やっと階下へおりて手を洗い、湯を沸かし、食器を並べる。別室の女房殿はまだである。湯が沸いたら、彼女を起こしに行く。

パンは全粒粉の五枚切り。一枚を更に半分に切りわけ、焼けたらバターを軽く塗る。それに手作りジャムと果物少々。紅茶は「ハロッズ」のイングリッシュ・ブレクファースト。もしくは、「マリアージュ」のマルコ・ポーロ。

朝食はパン半切れに決めているが、女房殿の方はそれだけではもの足りないので、昨夜の残り物を出して食べる。

ジャムのことだが、ジャム作りは、わたしが一年中で一番楽しみにしている行事の一つだ。わが家の百坪ほどの庭の北側の隅に、野イチゴやカリンズ、ブルベリー、ラズベリーなどが所せましと繁っている。毎年、夏になると、一勢に可憐な実を結ぶ。

ついでながら、南側の庭には先述した胡桃の古木が大きな枝をひろげている。九月の後半にはゴルフボールよりも大きくなった実が、熟して枝から落ちる。風が強い日は、夜半、庭に張り出した山荘風のトタン屋根にバラバラと降りそそぐ。いつもながら、頭上の音のあまりの大きさにたまげる。初めてのときはあわてて立ち上がり、ベッドから足をふみはずし、ころげ落ちた。

ジャム作りの第一歩

ジャム作りの第一歩は空き瓶の収集から始まる。わが家ではジャムを詰める瓶は決して買わない。日頃から廃品の空き瓶を大切にとってある。そいつを洗って、タワシでゴシゴシこすり、ラベルを丁寧にはがす。それから大鍋でグツグツ煮沸消毒する。これが充分でないと、カビが生える。

夏が巡ってくる頃、冷蔵庫の中は空き瓶の山。

ここから、いよいよわたしの出番だ。夏から秋にかけて、いまかいまかと待ちわびていたベリー類が赤く色づく頃になると、わたしはもう落ち着いて寝ていられない。この時期だけは、目が覚めるや、ベッドからとび出し、まっすぐ庭へ行く。ソワソワとベリーの熟し具合を見て廻る。

茂みに分け入り、完熟した実だけ、一粒一粒、手摘みで収穫する。

やがて佳境にさしかかり、ボウルに山積み。

ジャム作りを始めたのは、もう三十年も昔のことになる。長男夫婦に孫娘が誕生してからは、二人のおチビさん達も動員することにした。

次いで煮込み。

わが女房殿のお出ましである。

あらかじめ読者におわびしておく。いささか身内褒めになることをおゆるし願いたい。おチビさん達は女房のことを「天才バーちゃん」と呼ぶが、天才婆は料理、裁縫に限らず家事万端、亭主のわたしの口から言うのはおこがましいが、能力がずば抜けている。誰かから習ったわけではなく、すべて独学。

度胸もよい。少女時代から得意だった英会話に磨きをかけるため、突然、単身で渡米したのは、白髪の還暦を越えてからだ。ニューヨークのさる大学で学び、帰国する前に、日本人の留学生の中から、末の伜の花嫁候補を見つけてきた。

思い込みがはげしいから、行動は多分に衝動的、且つ独断的である。友達作りの名人だ。自分より年下の若い男をボーイフレンドにしている。格好をつけて云えばボーイフレンドだが、平たく云えば子分、手下である。

さて、話をジャムに戻す。

天才婆は勝手口の水道で、目の細かい金網のザルに盛ったベリーに水をそそぎ、葉っぱや、ゴミや、小さな虫を注意深くつまみ出す。よくすすいでから、アルミの鍋にベリーを移し、ガス焜炉《こんろ》の強火で煮つめ、凝固させてゆく。沸騰した果肉のあぶくが溢れ出さぬように油断なく見張る。すべてがタイミング勝負。杓文字でかきまわしながら、頃合いを見はからって砂糖をたっぷり加え、再び煮え立った頃、レモンのしぼり汁を注ぐ。甘酸っぱい匂いが台所に充満する。

かくて甘味と酸味とが絶妙にまじり合ったジャムが、

〈イッチョあがり！〉

こうして出来上がった何種類かのジャムを、わたしは宝物のように珍重している。

第二話　春を運ぶ山菜

これまで贔屓《ひいき》にしてきた居酒屋が何軒かあるが、わたしが好きな居酒屋の条件を幾つか挙げてみよう。

一、チェーン店ではなく、個人（家族）でやっている店。できれば古くからやっている店。

二、店主が酒の種類、銘柄、酒肴などに独特なこだわりを持っている店。

三、店主が男性の場合は、余計なことは言わず、それでいて、客とはきちんと意志疎通のできる人柄。

四、女あるじの場合は、客との間にべたつかない人間関係、信頼関係をきずくことができる人柄。

五、常連が店独特な雰囲気やマナーを作っている店。

思いつくままにあれこれ挙げたが、まっ先に思い出すのは、北国の古い港町の小さな居酒屋である。わたしが函館に住んだのは、もう六十年近く前のことだが、繁華街・松風町の電車通りから一歩ふみこんだ小路に、「チカップ」という人目につかない居酒屋があった。客が七、八人も坐れば、もう満席という程度の小体《こてい》な店だった。店主は四十がらみのきりっとひきしまった面構《つらがまえ》の小柄な男。おカミさんは三十台の体格のいい美人。子供がいない夫婦者だった。いささか記憶があやふやだが、チカップというのはアイヌ語で小鳥のこと。入口の掛行灯《あんどん》に電球が黄色くともる時刻になると、毎晩のように常連客でにぎわった。夜が更けると、路地の奥まで青函連絡船の汽笛の音が流れてきた。

客がガラス戸をあけて調理場の前のぶ厚い木造カウンターに腰をおろすや、すっと小鉢が出る。そのあとからおカミさんが「いらっしゃい」と一声かけ、一合入りのコップを置いて、ほどよく燗がついた酒をなみなみと注ぐ。小鉢の中は、冬なら鳥モツの煮込み、春なら山菜。余計なことは一切言わないし、聞かない。それがこの店の流儀なのだ。

山菜

亭主の特技は山菜採りだった。山菜についての知識と調理の技は名人級だった。なにしろ北国の冬は長い。春が待ち遠しくてたまらない。その辛《つら》さを補って余りあるのは、残雪の間からいっせいに芽を出す山菜の独特な香りとほろ苦い風味だった。

その季節になると、亭主は連日、山へ行く。場所は誰にも明かさない。帰途は背負い籠の中にフキノトウ、ワラビ、ゼンマイ、タラの芽、コゴミ、ヤマウド、シドケ、ギョウジャニンニク、根曲り笹竹の子……。採れたての半分は、その日のうちにおひたし、和物《あえもの》、煮物、天ぷら、吸い物などにして客に出し、残りは乾燥したり、瓶詰めにして、保存食にする。とりわけ、クルミ味噌和えが絶品であった。

近頃の家庭では、おひたしといえば、ゆでたホウレンソウなどに花ガツオをふりかけ、醤油をかけるのが一般的だが、この店のは違う。昔通り、前の晩から昆布と本節でだし汁を作り、それに酒とミリン少々を加え、アルコール分を飛ばして醤油をたらしたつけ汁に、さっとゆでた山菜を、一度、氷の入った水で冷やしてから、水気を切ってひたす。こうして味をととのえてから適当な皿に盛り付けする。だから家庭のおひたしとは風味が違う。

わたしはその豊かな香りと風味に魅せられ、この店にぞっこん惚れこみ、毎週通った。遂には、四歳になったばかりの娘イズミを抱いて、早い時刻から入りびたり、おカミさんに子守をたのんで、のんびりと一杯やる仲になった。

話は変わるが、後年、石狩浜の砂地に自生する山菜「浜ボウフ」のえも言われぬ風味を教えてくれたのは、札幌はススキノの酒亭「はやし」である。人柄のいい女あるじが、名料理人の亭主と二人でやっている小料理屋で、酒は新潟の銘酒・久保田の「千寿」のみ。わたしにとって、おカミさんはまさに慈母観音。ありがたかった。

ススキノにはここ以外にも馴染みの居酒屋が二軒ある。札幌で一番長く続いている「きらく」という老舗《しにせ》と、新顔の「きそ路」。どちらも気っぷのいい女あるじが営んでいる。「きらく」の女将とわたしは遠慮ない友だち同然。

若い美貌の女あるじが営む「きそ路」も今春、めでたく開店十五周年を迎えた。

わが家の庭の山菜

ついでなので、わが家の庭の山菜のことも述べておこう。第一話に登場したわが家の庭は、四方を赤レンガ塀で囲い、南側は塀に沿って盛土《もりど》し、築山《つきやま》にしてある。春から初夏にかけて、その築山に繋っている色さまざまな躑躅《つつじ》が目を楽しませてくれる。盛夏になると、これも第一話で紹介した例の五歳と三歳の孫娘が、「探検、探検！」と口々に叫びながら、背の高い山ブキが繁茂し、蜘蛛の巣がはった築山を恐々《こわごわ》一巡したものだ。

わたしが読者の皆さんにお伝えしたいのは、この小丘のことである。ここは山菜の宝庫だ。二月下旬になると、冬じゅう背丈《せたけ》より高く積もっていた雪が、日一日と溶けていく。三月中旬、庭のところどころに雪の下の枯芝が顔を出す。待ちこがれていたように、孫娘たちの叔父、つまりわたしの末っ子の竜哉が雪をかきわけ、慎重にフキノトウを掘り出す。

さて、ここからが天才婆の出番だ。

彼女が調理した蕗味噌《ふき》の香りの強烈なこと！　これぞ春一番を告げる芳香に外《ほか》ならぬ。

雪がすっかり消え去ると、最初にこの築山を埋めつくすのは、か細くて優美な京蕗である。葉をちぎり、茎の薄皮をむき、フライパンでさっといためると、新緑の色が際《きわ》立つ。おひたしにして食べると、口中にひろがる香りとショリショリした歯ざわりがたまらない。京蕗の時期は短い。山蕗がとってかわる。茎は京蕗より厚みがある。これはこれでいい。ゴツゴツした歯ざわりが鄙《ひな》びた興趣を呼びおこす。

そうそう、うっかり書き洩らすところだった。フキノトウの風味を堪能する春まだ浅い季節に、いま一つ、とび上がるほど嬉しい好物がある。石狩浜で採れる雌雄のシャコである。竜哉が夜明けと共に浜へ車をとばし、雌雄のゆでシャコを買ってくる。この季節の赤紫のオスは甘味が強い。腹に子を抱いたメスに、わさび醤油を気持ちだけつけ、ひと口に頬ばり、飴色の子のコリコリした感触を楽しむ。かくしているうちに、春は沈潜と耽けてゆく。

第三話　旧暦で暮らす

からだにすっかりガタがきてからというもの、日に何度も「痛ッ痛ッ」と悲鳴をあげる。「泣き面《つら》に蜂」という諺《ことわざ》があるが、この半年ほど前から、右目の中の視線上に白い霞《かすみ》が発生し、閉口している。

近所に名医の評判が高いK眼科医院がある。二月下旬、思い余って医院へとびこんだ。検査の結果は高齢者の視覚障害の一つ「加齢黄斑変性」と診断された。その上、両目とも緑内障におかされているという。

緑内障については前々から知識があるが、加齢黄斑変性というのは初耳だった。以下はK院長の話の受売りだが、「黄斑」は網膜の中心部にあり、ものを見るために最も重要な部分だそうな。黄斑に異常をきたすと視力が失われる。高齢になるほど発症しやすい。先進国ではこれが失明の主原因で、アメリカでは中途失明の病気の第一位だという。

わたしの場合はかなり悪化しており、猶予がならぬ由。三日後に手術してもらった。

手術したからといって、悪くなった網膜が元に戻るわけではない。しかしどうやら失明だけはまぬがれるらしい。

やっと眼帯がとれた頃、新聞にｉｐｓ細胞を使う再生医療の展望として、「近い将来、失明の恐れがある目の難病の加齢黄斑変性の治療が開始される」というｉｐｓ細胞の生みの親である京都大学の山中伸弥教授の談話が掲載された。まだまだ先の話だ。

ただ今は緑内障の治療中である。

さてさて、また老いぼれの泣きごとをくり返してしまった。

では、年を取ったら良いことは一つも無くなったのかといえば、そうでもない。仕事が無くなったかわりに、気ままに使える時間が増えた。

ただし困った問題も惹起した。

日暮れどき、時計の針が四時を廻った頃になると、〈一杯やりたいナ……〉という衝動が走る。しかしまだ仕事中の人がいる時刻から縄ノレンをくぐるのは後ろめたい。落ちつかない。

しかしである。よくよく考えると、わたしはもはや役立たずの老いぼれ。よれよれの糞ジジイ。

人目を気にするのは、わたしが勤勉実直な男だからではなく、ただの「いいふりこき」にすぎない。それが証拠に、七十代の頃は、お昼どきに街を歩いていて酒を飲みたくなると、こっそりそば屋で飲んだ。そば屋なら目立たない。つまりわたしは偽善者なのである。情けない！

旧暦で暮らそう

ところが過日、ハタと気づいた。

〈そうだ、これからは旧暦で暮らそう！〉

わたしの先祖たちは自然のリズムで生きてきた。夜が明けたら起き、朝飯をすませ、仕事に出かける。日が暮れたら銭湯で一汗流し、一杯やり、夕飯をすませ、寝床へもぐりこんだ。

昔の時刻に馴染みのない方のために、少しつけ加えよう。

江戸時代の時刻は、一日が十二刻で、日の出、日の入りを基準に、昼と夜をそれぞれ六刻ずつに区分した（一刻は現在の二時間ほど）。夜が明け始めた頃を「明六《あけむ》ツ」、日が暮れる頃を「暮《くれ》六ツ」と呼び、太陽の運行に合わせて時刻を決めた。明六ツから暮六ツまでを六等分し、昼の一刻とした。同様に暮六ツから明六ツまでを六等分し、夜の一刻とした。そして十二刻のそれぞれに子《ね》、丑《うし》、寅《とら》、卯《う》、辰《たつ》、巳《み》、午《うま》、未《ひつじ》、申《さる》、酉《とり》、戌《いぬ》、亥《い》の十二支の名をあてた。季節によって違うが、日の出の明六ツ（卯の刻）を現在の午前六時、日暮れの暮《くれ》六ツ（酉の刻）を午後六時とすると、戌の五ツは午後八時、「草木も眠る丑満時《うしみつどき》」は八つで、午前二時にあたる。当時の人々は誰もが早寝早起きで、日の出と共に起き、午後八時の戌の刻には寝床に入った。当時の平均睡眠時間はおよそ十時間。

ご承知のように夏は日が長く、冬は日が短い。だから夏と冬では一刻の長さが違った。昼と夜の長さがほぼ等しい春分（三月二十一日ころ）と秋分（九月二十三日ころ）の頃は、一刻が約二時間である。しかし一年中で昼が一番長い夏至（六月二十二日ころ）の頃は、昼の一刻がざっと二時間半、一番短い冬至（十二月二十二日ころ）の頃は一時間四十分くらい（こういうように季節によって昼夜の長さが違う時刻の決め方を不定時法という）。

現代は定時法である。

わたしが暮らしている札幌では、十月のなかばを過ぎると、日暮れが早い。午後四時頃から釣瓶《つるべ》落としに日が沈む。四時半を廻れば、とっぷり日が暮れる。昔の時刻でいえば「暮《くれ》六ツ」である。

そこでだ。

わたしは余生を自然のサイクルに寄りそって生きることに決めた。誰が何と言おうとも、わたしはそう決めた。

つまり四時を過ぎたら、遠慮会釈なく一杯やり、早寝することに決めたのである。

第二章　ここに地果て　海はじまる

第一話　古いパスポート

わたしの抽出しの中に使い古したパスポートが十一冊入っている。一番古いのは敗戦後の一九五九年四月発行の薄っぺらな紙表紙のパスポートで、旅券番号六八六二三。番号が若いのは、当時はまだ日本が米国に占領されており、現在のように誰でもが望みさえすれば自由に海外へ行ける時代ではなかったからだ。公用もしくは商用を除き、観光が目的の海外渡航は禁止されていた。

観光旅行が自由化されたのは、たしか一九六四年からである。このときから、一人年間一回に限り、五〇〇ドルまでの外貨持ち出しが認められた。当時はまだ一ドルが三六〇円という時代だった。

さて、一番古い紙表紙のパスポートに記載されている行き先は、

「南西諸島」

である。

ご存じの方もあろうが、南西諸島というのは米軍占領下の沖縄のことだ。同行者は北海道出身戦没日本兵の遺族四十名ほどの遺骨収集団。わたしはこの旅で、生涯忘れ得ぬ光景を目撃した。

当日朝、貸切りバスでホテルを出発し、一路南下。沖縄守備の日本兵が米軍と死闘の果てに全滅した摩文仁《まぶに》の丘へ向かった。遺族団は女性が多く、どなたも白装束の巡礼姿であった。現在、この一帯は沖縄戦跡国定公園に指定されているが、当時はまだ記念碑もなく、淋しい荒涼とした野っ原。

やがて前方に白く光る小高い丘が見えてきた。近づくや、思わず〈あっ！〉と息をのんだ。白く光っているのは、幾百、幾千ともわからぬ旭川師団の兵たちの髑髏《どくろ》であった。

遺族の一人、白髪の老婦人が駆け寄り、はるばる持参した卒塔婆を、積み重ね

た髑髏にもたせかけ、線香を焚き、合掌して念佛を唱えた。卒塔婆には何やら歌のような文字がしたためてあった。その婦人のあとを追って、みんな悲痛な声をあげながらかけ寄り、蠟燭をともし、数珠をくり、一勢に念佛を唱え始めた。最初に駆けよった老婦人は、きっと函館の人なのだろう。卒塔婆にしたためられていたのは、こういう一首だ。

函館の臥牛の山に登りしが南海は見えずわが子還らず

わたしのまぶたに、今もこの一首がありありと残っている。臥牛山とは函館山の異称である。

その日の午後、バスは現在のひめゆりの塔や魂魄の塔のあるあたりを一巡したが、わたしの脳裡に深く刻みつけられたしゃれこうべの山や、濛濛と煙る線香の煙、念佛の合唱とすすり泣く声が余りにも強烈だったため、その後の旅路のことはよくおぼえていない。

二番目のパスポート

二番目のパスポートは一九六一年九月発行の美しい黒革表紙のパスポートである。旅券番号は四〇六二四四。この旅の始末は前に某紙に書いたことがあるが、もう一度かいつまんで述べよう。

わたしは一八、九の頃から

〈異国へ行ってみたい〉

という熱病にとりつかれていたが、この年、遂に、〈市場調査〉の名目で、

「香港、タイ、カンボディアおよびシンガポール」

への渡航許可を得た。当時は香港もシンガポールも英国領であった。

シンガポールへ到着したのは、日本を発ってから二週間目だった。まさかここで、とんでもない事件にまきこまれるとは、夢にも思わなかった。

シンガポールは反日運動の炎が燃えさかるまっただ中だった。

折から開催されていた最初の日本物産展は、過去の日本の侵略を恨む現地の人

たちの投石と放火の嵐に見舞われた。

気がついたときは騒然とした人ごみの中だった。右も左もただならぬ気配……。突然、そこかしこに怒号が起こった。激高した民衆の群れが一勢に物産展会場を襲った。かたわらの男が中国語で何事かしきりに私に呼びかけるが、何を言っているのかわからない。無言でいたら、彼は怒り出し、殴りかかってきた。

そのあとの奇妙な出来事は、いま思い出しても絵空事のような気がする。

黒塗りのロールスロイスがわたしの横にすべるように近寄ってきた。窓から「ニッポンジンか?」

うなずくと、ドアをあけ、早く乗れと手まねきする。

「マゴマゴシテタラ、キサマ、コロサレルゾ」

何者ともわからぬが、彼はわたしが助手席にころげ込むや、力いっぱいアクセルを踏んだ。「キサマ、ナマエハ? トシハ?」

キサマ、キサマと言葉づかいは荒いが、ミラーにうつった目はやさしい。不思議な中国人……。年齢は見当がつかない。まっ黒に日焼けしたシワが目立つ顔……。

巧みにハンドルをさばきながら「ワタシ、コレ」

名刺をさし出してよこした。

それで名前は「楊振朱」だと判明した。

年齢もわたしと同じだとわかったが、わたしの不安はおさまらない。

「僕をどこへ連れていくつもりですか？」

「ワタシノウチ。アンゼンダカラネ」

彼は安心させるつもりか、わたしの肩を抱きよせ「キサマ、コノウタ、ウタエルカ？」

〈ウタ……？〉わたしは呆気にとられた。

迎春花

彼のハミングを聞いているうちに思い出した。曲名は忘れたが、わたしが小学校三年生の頃に流行った「王《ワン》さん、待ってて頂戴ね」ではないか。

〽ワタシ十六
マンシュウムスメ
ハルノ三ガツ
ユキドケニ……。

わたしが歌うと、楊さんはいかにも懐かしげに耳を傾け、やがて自分も唄い出した。

〽イン・チュウ・ホワが
サイタナラ
オヨメニイキマス
トナリムラ……。

彼は遠い遠い昔を思い起こすかのように、訥々《トツトツ》と唄った。
どうやらわたしは楊さんに気に入られたらしい。
そのまま彼の邸宅へ連れていかれた。家族ぐるみの晩餐の後、広い居間へ案内され、歌を催促された。彼はわたしに知っている限りの軍歌や戦時歌謡を唄わせ、自分も唄った。

〽迎春花（イン・チュウ・ホワ）が

　サイタナラ……。

彼の両眼に涙が光った。とうとう彼は本当に泣き出した。

泣きながら、いつまでも歌をやめなかった。

窓から夜空を仰ぐと、暗いマラッカ海の上に、十字星がかがやいていた。

第二話　孤児と兵隊

楊はなぜ憎むべき日本人のかたわれのわたしを助けたのであろうか？　それを解くカギは、シンガポールをめぐる当時の複雑な政治状況と、楊の素性にある。あとで判ったことだが、彼の人生は太平洋戦争中、シンガポールを占領した日本軍と深くかかわっている。

一九四一（昭和十六）年十二月、日本は米英と戦端を開くや、ただちにマレー半島に侵攻し、翌十七年二月、シンガポールを占領した。以後、敗戦までの三年半にわたり、シンガポールは日本軍政下におかれた。

日本が降伏するや、再びイギリスの植民地に戻るが、一九五九（昭和三十四）年、遂に国内自治を獲得した。

さらに六三年、マラヤ連邦、英領ボルネオと合体し、〈マレーシア連邦〉として独立を達成する。

しかしマレー人優先政策をとるマレーシア中央政府と、中国系住民が七六％を占めるシンガポールとは、対立が激化。二年後の一九六五年、シンガポールは連邦から脱退し、共和国として自立した。

夜ふけに、楊振朱は涙ながらにおのれの数奇な過去を明かした。

日本軍がシンガポールに侵攻する前夜、実業家の彼の父親は、武装蜂起した抗日住民に対日協力者として虐殺され、晒《さら》された。難を逃れたのは、十二歳になる末っ子の楊だけで、他の家族は一人残らず惨殺された。

孤児になった楊は、やがて上陸してきた日本兵に拾われ、それからずっと兵隊と一緒に隊内で暮らすことになった。可愛がってくれたヒゲ面の隊長のはからいで、炊事夫に雇われたそうだ。

隊長は親がわりになり、彼のために子供用の軍服を作り、読み書きソロバンを教えてくれた。

「ワタシ、チビダカラ、コンナタカイゲタハイタヨ」彼は身ぶり手ぶりをまじえて過去を語った。利発な楊少年はたちまち仕事に習熟。人気者となる。

戦いが終わった日、武装解除された一万人余の日本軍の将兵と共に、彼も捕虜収容所のチャンギー監獄へ入ろうとすると、イギリス兵にゲートから追い出された。

彼は日本軍が隠しておいたトラックで闇物資の商売をしながら、毎日、食糧を監獄へ差し入れに通った。

いよいよ兵隊たちが日本へ送還される日、彼は一緒に連れていってくれとヒゲの隊長にすがったが、イギリス兵にはばまれ、波止場に泣きくずれた。

「タイチョウサントワカレル。カナシクテ、カナシクテ、ドウシタライイカ、ワカラナイ。ワタシ、ニッポンヘイキタカッタヨ」

楊の目に、また光るものがあふれた。

第三話　マレーシア連邦使節団きたる

その日から二年ほど経ったある日のこと、わたしのもとへ北海道庁から電話がかかってきた。

「このたびマレーシア連邦の対日賠償請求使節団が来日する。東京の帝国ホテルにて歓迎晩餐会が開催される。知事と貴殿宛の招待状がこちらに届いているが、貴下は連邦といかなる関係がありや？」

わたしは驚いた。心あたりが全くない。

「ともかく、貴殿に招待状を転送する。費用はこちらが負担するので、出席されたい」

当日、わたしは折り目正しい制服のボーイに案内され、おそるおそる帝国ホテルのロビーへ足を踏み入れた。レセプションの招待客は政財官界の錚々《そうそう》たる顔ぶればかりで、どこの馬の骨ともわからぬわたしごときに、誰一人目もくれない。

私は開宴までの時間をもて余し、バーへ行ってスコッチのダブルを二、三杯ひっかけた。ロビーへひき返したら、テレビがＮＨＫの「私は誰でしょう?」という番組を放映しはじめた。昨日おこなわれたスタジオの実況中継だった。

テレビの中で司会の高橋圭三アナウンサーがホールの人達を紹介した。「本日おいでいただいた皆様は、全員、かつてシンガポールの捕虜収容所に収容されていた日本の兵隊さん達です」

〈なんだと?……。〉わたしは耳をそばだてた。

司会者は放送席から舞台の方を指さした。「本日のお客様はこの方です」

わたしは正面に姿をあらわした小男を見て、思わず生つばをのんだ。

なんと、楊振朱ではないか!

ホールの人たちが総立ちになり、口々に何事か叫ぶ。

その中の何人かが舞台に駆け上がるのが見えた。

楊はこぼれ落ちる涙を必死にこらえながら両手をひろげ、先頭の大男に抱きついた。

〈あの人が親がわりの隊長さんだな……。〉

ヒゲ面の大男も、あふれる涙をぬぐおうともせずに、楊を抱きしめた。期せずしてホールのあちらこちらから歌声が湧き起こった。こらえ切れずに泣く者が続出した。

声は次第に大きな合唱となった。

〽一番乗りを

　やるんだと

力んで死んだ

　戦友の……。

気がついたら、いつのまにか帝国ホテルのロビーのざわめきは消え、画面を見ているわたしのまわりに人垣ができていた。みんなテレビに釘づけで、声を発する者はいない。

シーンとなったロビーに、テレビの中の歌声だけがこだました。

〽遺骨を抱いて

　今入る

シンガポールの

街の朝

後からわかったことだが、楊振朱は使節団の重要なメンバーであった。わたしを招待客のメンバーに加えたのは楊である。彼は著名な実業家になっていた。

第四話　最後のパスポート

つい二百年ばかり前まで、われわれ人類の移動手段は自分の足だけだった。

「過去数百万年間、われわれの先祖の狩猟採集民たちは食糧を求めて、毎日九キロメートルから十五キロメートル歩いた」（ダニエル・E・リーバーマン『人体六〇〇万年史』下巻・早川書房）

今や人々は飛行機を利用してアッというまに何百キロメートル、何千キロメートルも移動することが可能になった。

さて、わたしの机の抽出しの中に古いパスポートが合計十一冊入っている。最初のと黒表紙の二冊の旅のことは、すでに述べた。

これから述べたいのは十一冊目の旅のことなのだが、話をすすめる都合上、順序だてて書く。

一九七〇年発行の三冊目から、四冊目五冊目までは青表紙の装丁。一九八一年発行の六冊目から七冊目八冊目九冊目までは赤表紙。一九九七年発行の十冊目と二〇〇七年発行の十一冊目とは同じく赤表紙ながら有効期限が十年と長く、且つ携帯に便利なようにぐっと小型。これで合計十一冊である。

これらのパスポートに収録された足跡は以下の通りだ。

アメリカ本土十回、欧州巡遊四回、ハワイ五回、カナダ二回、南米二回、オーストラリア全土、アジア諸国十九回……。

北極と南極をのぞけば、地球上の大ていの土地へ行った。

抽出しの中に収蔵しているのはパスポートだけではない。もう一つの旅の記録もしまってある。これまでに宿泊した国内海外のホテルのキー・カード全部と、搭乗したすべての飛行機の航空券の控えの半券である。スクラップ・ブック五十冊に貼付している。

わたし以外の人にとってはただのゴミにすぎまいが、わたしにとっては大切な記念品だ。

宿泊日数　二七八三日

延べにすれば、ざっと満七年半、ホテル暮らしを続けた勘定だ。

搭乗回数は二三〇八回
延べにしたら移動距離はどれくらいになるのだろうか？　見当がつかない。

十一冊目のパスポート

ちょっと道草をくった。先を急ごう。

十一冊目の旅はわたしの最後の海外旅行だ。実は十一冊目のパスポートを申請したのは七十歳の末だが、書き出しの「はじめに」の章で告白したように、その頃からわたしの体は満身創痍のボロ雑巾。海外旅行どころではなくなった。

しかし人生最後の行楽のつもりで、今まで大事に残しておいた旅の計画があった。

これを決行しなければ千秋楽のない大相撲。画龍点睛を欠く……。

まず一つ目は、鎖国令により追放されたジャガタラお春の流刑地（ジャワのバタヴィア）

次はシルクロードの遂の終着地（古都イスタンブール）

三つ目はユーラシア大陸の最果ての地（ポルトガルの首都リスボン郊外のロカ岬）

もちろん、わたしは行った。旅をすることは生きることだ。

最後のパスポートの記録を渡航順にご披露しよう。

二〇一一年十月（このとき小生、八十二歳）ポルトガル

二〇一二年六月（このとき小生、八十三歳）インドネシア

二〇一四年九月（このとき小生、八十五歳）トルコ

まず最初のロカ岬への旅のことから話そう。パスポートは今述べたように、四年も前から準備してあったが、なにしろわたしはボロ雑巾の老いぼれ。小心者。ぐずぐずと一年延ばし、二年延ばし……。

〈これ以上ボヤボヤしていたら、棺桶に足を突っこむ日がくるぞ！〉

半ばヤケクソで日本を飛び出した。

しかし人間、いざとなれば、なんとも現金なものである。成田空港を出発するや、しばらくぶりに味わった開放感で、体調の悪さなどケロッと忘れてしまった。

大航海時代

アジア大陸の東の果て、日本列島に西欧の「大航海時代」の波がおし寄せてきたのは十六世紀である。一五四三（天文十二）年、三人のポルトガル人を乗せた中国船が種子島へ漂着した。これが日本へ到着した最初のヨーロッパ人である。また、よく知られているように、このとき日本に初めて鉄砲が伝えられた。

さてそのポルトガルであるが、ユーラシア大陸の西の突端、イベリア半島と呼ばれる大きな四角形の陸地のずっと奥、大西洋に面した小さな国である。

そのポルトガルが世界史の中で燦然と輝いたのは十五世紀から十七世紀にかけての大航海時代だった。

大航海時代というのは、ヨーロッパで十三世紀以降の航海技術の進歩により、次々と地理上の発見がなされた時代のことだ。主役はポルトガルとスペイン、イタリア人だった。

海洋帝国ポルトガルを颯爽と率《ひき》いたのは、かの有名なエンリケ航海王子。天文、地図、航路を研究して、アフリカに探検隊を派遣。後のインド航路発見への道を開いた。

一四九二年にアメリカを発見したのはスペインから船出したコロンブスであり、一四九七年にポルトガルのバスコ・ダ・ガマがはじめてアフリカを回ってインドに達した。このあと、ポルトガルの黄金時代がやってくる。この時代に愛国的大叙事詩を発表し、偉大な国民的詩人といわれたのがカモンエス（一五二四〜一五八〇）である。

わたしがロンドン経由で無事にリスボンへ着いたのは、よく晴れた秋の日の午後だった。

翌々日、バスでロカ岬へ向かった。

ポルトガルの天気は、あきれるほど気まぐれだった。

バスの行くてにアッという間に黒雲が押し寄せ、雨が降り出した。

車窓に雨粒が吹きつけてくる。

「ロカ岬」photo by Jeny 出典：ウィキメディア・コモンズ(Wilimedia Commons)

こういうこともあろうかと、日本から持参した薄手のレインコートを羽織り、ロカ岬の突端の断崖の上から、暗雲低く垂れこめた大海原を眺望。水平線だけがくっきりと見える。

瞬間的に、わたしの脳裡をカモンエスの詩句が掠めていった。

ここに地果て
海はじまる

〈おお、これだ、これ！　これなんだ。この景色のことなんだ〉

突然、パタリと雨がやんだ。見る見るうちに大空を覆い隠していた黒雲が飛び去り、真紅の落日が水平線を朱《あけ》に染めた。

わたしは有頂天になった。〈見よ、この海原を！〉

しかし弓手《ゆんで》のアフリカ海岸の方へ目を移すと、そちらは暗黒大陸の異称どおり、依然として厚い黒雲に閉《とざ》されたままであった。

わたしは肩をすくめ、急いで正面の水平線へ視線を返した。真っ赤な太陽が沈んでいった。水平線上の夕映えの空は明るく、静かに暮れようとしていた。不意に思い出した。前にリスボンへ来たとき、土地の人から聞いた話を。大昔の人たちは、

「大海原は水平線のところで終わり、大瀑布となって地獄の底へ注ぎこむ」

と信じていたという。

第五話　ジャガタラお春の唄

続いてすぐにでも翌二〇一二年のインドネシアへの旅のことを語りたい気持ちは山々だが、なぜお春はジャワのバタヴィアへ流刑されたのか、その事情を先に述べておきたい。

余計なお世話かもしれないが、「ポルトガルの黄金時代」に続く世界史をざっと俯瞰しよう。

スペイン支配下のネーデルランド（現、オランダ、ベルギー）は熱心なカソリック信徒スペイン国王フェリペ二世の圧迫に反抗して徹底抗戦。カソリック信者の多いベルギーは脱落したが、新教徒が多数を占めるオランダは屈せず、ネーデルランド連邦共和国として独立を宣言したのが一五八一年である。大型船を建造し、一六〇二年に東インド会社、一六二一年には西インド会社を設立し、世界規模の貿易に乗り出した。十七世紀前半、アムステルダムは世界の商業、金融の中心になった。

東インド会社は香料の産地モルッカ諸島や、銀を豊富に産出する日本に進出。やがて長崎の出島を窓口とする対日貿易をも独占。日本から輸入する銀は年20万キロに達したといわれる。一方、ポルトガルからマラッカ、インドの拠点を武力で奪い、一六一九年にはジャワのバタヴィア（ジャカルタ）に城砦《じょうさい》都市を建設した。オランダ人はここを基地とする一大植民地帝国を築き上げた。オランダの世紀がきたのである。


さて、ここでちょっと話題を変える。話は横道にそれるが、わたしがその唄をはじめて耳にしたのは、旧制函館中学の四年生のときであった。

わたしが中学に入学したのは、日本が米英蘭と開戦してから四カ月目、一九四二（昭和十七）年春、十二歳の末のことだった。

しかし実際に学校へ通ったのは一年生のときだけで、それ以降は学生とは名ばかり。二年生の夏から四年生の敗戦の年の夏まで、故郷の函館を離れ、息つくまもなく勤労動員に狩り出された。（戦中は学生ではなく学徒と呼ばれた）。最初のうちこそ親元から軍需工場や鉄道へ通ったが、三年生になると、春から農村へ長期動員させられ、担任の先生や級友たちと部落番屋で合宿を強いられた。シラミと同宿したようなものだった。都会育ちのわれわれは泣くほど悩ませられた。

夏休みも廃止になり、鉄道線路の修復作業、酷寒の山奥の造材工場で松根油製造の手伝い……。四年生になった春から根釧原野の開拓部落へ動員され、続いて軍用飛行場の緊急整備工事。そこで敗戦の日を迎えた。

二年ぶりにやっと古里へ帰還した。十六歳の夏であった。

その唄をはじめて聞いたのは、わたしが北海道内浦湾《うちうら》に面した八雲の軍用飛行場の緊急整備工事に動員中のことであった。近いうちに米国太平洋艦隊の機動部隊が内浦湾へ上陸作戦を展開するという噂がひそひそと囁かれていた。八雲飛行場にはそれを邀撃《ようげき》する日本海軍特別攻撃隊が待機していた。

そんな緊迫した状況下にあっても、若い特攻隊員たちは悠々自若《じじゃく》としたもので、塹壕《ざんごう》を掘っているわたし達を手まねきして、貴重品のキャラメルを気前よく呉れたものだ。

赤い花なら

唄を聞いたのは黄昏どきであった。

わたしは級友達と飛行場の片隅で休憩していた。

わたしは歌詞を正確には記憶していない。曲名も知らない。級友の中に桜井という歌が得意な奴がいて、後日そいつから教えてもらった歌詞はこうだったと思う。なにしろ遠い昔のことだ。

〽赤い花なら曼珠沙華《まんじゅしゃげ》
オランダ屋敷に雨が降る
濡れて泣いてるジャガタラお春
未練な出船に　あゝ鐘が鳴る
ララ鐘が鳴る

タイトルが「長崎物語」だと知ったのは、ずっと後のことである。歌っていたのは若い特攻隊員だった。

それは日頃わたし達がよく歌った唄の文句やメロディとは異質だった。当時のわれわれ軍国少年が朝な夕な歌っていた唄は、西条八十作詞「若鷲の歌」(一九四三年制作)とか、同じく西条八十作詞「同期の桜」(一九四四年制作)、あるいは学徒動員の歌「あゝ紅《くれない》の血は燃ゆる」(一九四四年制作)などだ。

どれもあふれるばかりの悲壮感に満ちた勇ましい歌詞であり、メロディであった。

ところが、はじめて聞いたその唄には悲壮感のかけらもなかった。

それどころか、メロディそのものが実にもの悲しく淋しい唄だった。

歌詞の中の「オランダ屋敷」とか「ジャガタラお春」という言葉も初めて聞く名前で、わたしの好奇心をそそった。

さて、再び世界史にもどる。

オランダが日本との貿易を独占できたのは、ポルトガルやスペインのようにキリスト教を布教しなかったからだといわれる。ポルトガルもスペインも貿易を餌《えさ》にキリスト教の布教に努めた。カソリックの宣教師たちの熱意は、天下統一、すなわち中央集権的封建体制の確立を推進していた日本のリーダーたち、豊臣秀吉や徳川家康はじめ後継将軍たちにとって、邪魔なばかりか、障害であった。

反カソリックの新教徒オランダ人たちは、ここぞとばかりポルトガルやスペインの侵略的植民地政策の危険性を為政者に説いた。オランダはイギリスと同じように、キリスト教布教を強制しない新教（プロテスタント）の国であったことが幸いした。一六三三（寛永十）年の第一次鎖国令以降、中国人とオランダ人以外の来日は禁止された。日本国内に居住するポルトガル人らと日本人との接触は完全に断ち切られた。ポルトガル人やその家族二百八十七人がマカオに追放された。

決定的な鎖国の要因になったのは一六三七（寛永十四）年に勃発した島原の乱である。

一六三九（寛永十六）年の第五次鎖国令により、今まで取締りの圏外にあったイギリス、オランダ系在日人ならびにその混血児、総員三十二人も残らず追放された。この中に十五歳の混血児お春もふくまれている。

お春は長崎に住む日本女性と航海士であったイタリア人（若くして死亡）との間に生まれた。第五次鎖国令により、母、姉と共にオランダ植民地ジャワ島のバタヴィア（現ジャカルタ）へ流刑された。

彼女がバタヴィアから日本の友に密かに送ったといわれる手紙（じゃがたら文）は「あら日本恋しや、ゆかしや、見たや、見たや」という切《せつ》ない望郷の念で結ばれている。後世の偽文だという説もあるが、前記の歌謡曲「長崎物語」（一九三九―昭和十四年制作）が流行した頃は、悲運の哀れな少女として世の同情を集めていた。

ジャガタラ旅行

では、いよいよジャガタラ旅行の話に入ろう。

二〇一二年の六月、わたしは成田空港からお昼少し前の日本航空で一路ジャカルタへ向かった。

こんな老いぼれになっても、知らない土地へ行くときは子供みたいに心が踊る。

ジャガタラというのは現インドネシア共和国ジャワ島にある首都ジャカルタのことだ。朱印船貿易時代からの日本訛《なまり》だそうな。一六〇二年に東インド会社を設立したオランダは、一六一九年にはジャカルタに入植。バタヴィアと名づけ、以後三百五十年間にわたって植民地支配を続けた。ここはオランダ東インド会社の拠点だった。

第二次大戦中は日本が軍事占領。一九四五年にスカルノらが独立を宣言したが、オランダが承認する四九年まで独立戦争が続いた。

バタヴィアというのは旧オランダの古称の由。かのお春は万里の波濤に揺られて泣く泣くバタヴィアに辿りついたが、わたしは成田から七時間半で到着。日本とは時差が二時間あり、現地時間の午後四時半。今が一年中でいちばん気候のいい季節だった。

17 世紀のバタヴィア　出典：ウィキメディア・コモンズ（Wilimedia Commons）

翌日、早速往時のバタヴィアの面影が最もよく残っているジャカルタの北、コタ地区の旧港（スンダ・クラバ港）へ案内してもらった。かつてオランダ船はこの港から平戸や長崎の出島をめざしたのである。お春が初めて異国の土を踏んだのもここ。

人影がない朽ち果てたような波止場に、どれもこれも古めかしい大型木造帆船が、びっしり繫留してあった。

〈まるで幽霊船だな……〉

港から運河が続いており、その運河にはオランダさながらの跳ね橋が架かっていた。しかし水は枯れ、腐臭が漂っていた。運河沿いに植民地時代の栄華を偲ばせる美しい建物が並んでいた。廃屋も沢山あった。あてどなく逍遥していると、思わず若山牧水の歌が口に出た。

〈……滅びしものは美しきかな〉

運河沿いの道から一歩路地を入ると、かつて町の中心だったファタヒラ広場に出た。広場に面して一六二七年にバタヴィア市庁舎として建てられた建物やプロテスタント教会、裁判所などがそのまま残っていた。

見ごたえがあったのは旧古文書館。東インド会社所有の貴重な古地図が幾つも展示されている。ここは一七六〇年に建てられたオランダ時代の総督邸である。

お春の消息もわかった。二十一歳のとき、オランダ人と日本女性との混血児で平戸を追放されたシモンに出会い、結婚。夫は東インド会社の職員。三男四女の子宝に恵まれ、幸せな余生を送った。ジャカルタ古文書館にお春の遺言書が保管されている。

これはわたしの勝手な想像だが、お春とシモンはお互いによく似た境遇で育ったが故に、愛が育《はぐく》まれたのであろう。

それにしても、一体全体、わたしにとって旅とは何か？　数多《あまた》の新しい出会いと別れ……。

心はいつも旅をしている。

ついでなので、大航海時代のその後にふれておこう。世界史的に見れば、さすがのオランダも、十七世紀後半に毛織物工業が着実に発展してきたイギリスとの貿易競争に破れた。イギリスは世界中に植民地をつくり、「日の沈まざる国」大英帝国時代をつくる。

後日談

最後になるが、以上の話には後日談がある。それを御披露してペンを措くとしよう。

あれは何年前のことであったか、よくは覚えていない。ダラシないが、頭の中の記憶装置がこわれてしまったらしく、はっきりとは思い出せない。

〈ボケ！　マヌケ！　クタバリぞこない！〉

ありったけ自分に悪態を浴びせた。少し思い出した。

流通革命論の狼煙《のろし》が上がってまもない頃のことだ。スーパーマーケットのニチイが札幌に進出してきた。たぶん四十年くらい前ではなかったろうか……。当時わたしは化粧品日用雑貨卸商社の経営者だった。新規取引をお願いするため大阪へ出かけ、仕入部門の広崎さんという部長にお目にかかった。商談がひとくぎりついたとき、おだやかな広崎部長が突然口調をあらため、

「ところで、八雲という町を知っていますか？」

と切り出した。

なんというめぐりあわせだろう！

広崎さんこそ、昔々、八雲軍用飛行場で、中学生のわたし達を手まねきしてキャラメルやチョコレートをくれた若い特攻隊員だった。

再びお目に掛る機会があろうとは夢想だにもしなかった。その夜、広崎さんとわたしは、北の新地で深夜まで酒をくみかわした。別れがつらかった。

縁というのは不思議なものだ。

あの勇ましい若い特攻隊員が、このおだやかな紳士とは！　嗚呼！

第六話　悠久の都イスタンブール

最後の旅の話を始める前に、イスタンブールの歴史について、ざっと述べておきたい。なにしろ、おそろしく長い歴史を有する都市である。

大昔、大陸の東西に豊かな文明圏が誕生した。イスタンブールは「東西文明の十字路」とか「ヨーロッパとアジアの架け橋」などといわれるように、両者にまたがる都市である。東洋であって東洋ではなく、西洋であって西洋でもない。これがイスタンブールの怪しい魅力を醸し出している。

イスタンブールは海に抱かれた都市である。イスタンブールをアジア側とヨーロッパ側とに分けているのがボスフォラス海峡であり、旧市街と新市街とに分けているのが金角湾である。

イスタンブールは要衝の地であるだけに、興亡もはげしかった。ギリシャ人の植民都市としてつくられたのは紀元前七世紀といわれる。その後、ローマの従属国となって長い年月を経た。紀元一九六年にはローマ帝国の直轄領となった。当初ビザンティウムと呼ばれたこの町は、三三〇年にはローマ皇帝コンスタンティヌスによりローマ帝国の首都とされた。コンスタンティノープルの名はこの皇帝に由来する。以来、ざっと千年にわたって東方キリスト教世界の中心として栄えた。

一四五三年、イスラム世界の覇者、オスマン帝国の皇帝メフメット二世によって征服された。メフメット二世はトルコ軍による最後の総攻撃の前に、ビザンティン帝国皇帝コンスタンティヌス十二世に降伏をすすめた。皇帝をギリシャの王とし、去る者は自由に去らせ、とどまるものには生命と財産を保証しようと申し出た。けれども皇帝はこれを拒絶し、死を選んだ。

コンスタンティノープルはオスマン帝国の首都となってからイスタンブールと呼ばれ、さらにまた五百年、イスラム世界の中心として栄華をきわめた。

オスマントルコ帝国にとって大きな不幸は、一九一四年に勃発した第一次世界大戦でドイツ側につき、敗戦国になったことである。西欧列強はトルコを分割し、領有しようとした。ギリシャ軍がこの機会に乗じて侵攻した。

トルコの愛国者たちは祖国を守るため立ち上がった。これを指揮したのがケマル・アタチュルクである。一九二二年、トルコは勝利し、ケマル・アタチュルクを大統領とするトルコ共和国を立ち上げた。

共和国の首都は、前の二つの帝国の首都であり続けたイスタンブールから、アンカラに移された。しかし今に至るもイスタンブールはトルコ最大の都市であり、最も賑やかな都市であることに変わりはない。

せっかくの機会だから日本との縁にもふれておく。冒頭で述べたように、大陸の東西に誕生した古代文明圏を結ぶ陸上の交通路がシルクロードである。「シルクロード」というのはドイツ人リヒトホーヘンの造語だ。日本では、中国を世界の中心とみなす古くからの「中国史観」にもとづいて、シルクロードを東から見ているが、実はシルクロードは西から東に向かって開けたのである。イスタンブールは西の文明圏にとっては、東方貿易の最前線基地、重要な拠点だった。隊商はイスタンブールですべての物資をととのえ、ここから乾燥地帯のオアシス都市を縫いながら、長くまがりくねった困難な道すじを進んだ。めざすは中国の洛陽、長安であった。

日本はこのロードの東方延長線上にあった。正倉院に伝わるイランの工芸品は、古代における活発な東西交流のあかしに外ならない。

最後の旅行

さて、前置きはこれくらいにしよう。二〇一四年九月二十三日、トルコ航空直行便で、八十五歳のわたしは最後の旅に出発した。

成田からイスタンブールまで所要時間は十二時間。時差六時間を差し引いた現地時間の十八時、イスタンブールの空港に降り立った。ただちにバスで旧市街の中心部にあるホテル「スワ・アヤ・ソフィア」へ向かった。

さて、そのイスタンブールであるが、この古都をヨーロッパ側とアジア側とに分けているのが、先述したようにボスフォラス海峡である。さらにヨーロッパ側の市街は、内陸に深く入りこんだ金角湾によって、往時のビザンティウム、かつまたコンスタンティノープルであった旧市街と、対岸の新市街との二つに分けられている。つまりイスタンブールは、このヨーロッパ側の二つとアジア側との合計三つの地域から成り立っているのである。

わたしは到着した日から四日間、スワ・アヤ・ソフィアに腰をおちつけ、旧市街を逍遥した。まず翌朝、まっすぐアヤ・ソフィア・モスクとブルー・モスクが対峙するスルタナメット広場へ行った。昔々、コンスタンティヌス大帝がローマ帝国の新首都としてコンスタンティノープルを完成させ、盛大な式典を挙げたのがこの広場である。オスマントルコ帝国の歴代皇帝の居城、トプカプ宮殿もこの広場から近い。

紀元五三七年に建立されたアヤ・ソフィア大聖堂は、以後一千年間にわたって、ビザンティン帝国の宗教の中心であった。オスマントルコの征服以降の五百年間は、アヤ・ソフィア・モスクとして、イスラム教徒の祈りの場となった。

これと対峙するスルタン・アフメット・モスク（通称ブルー・モスク）は、征

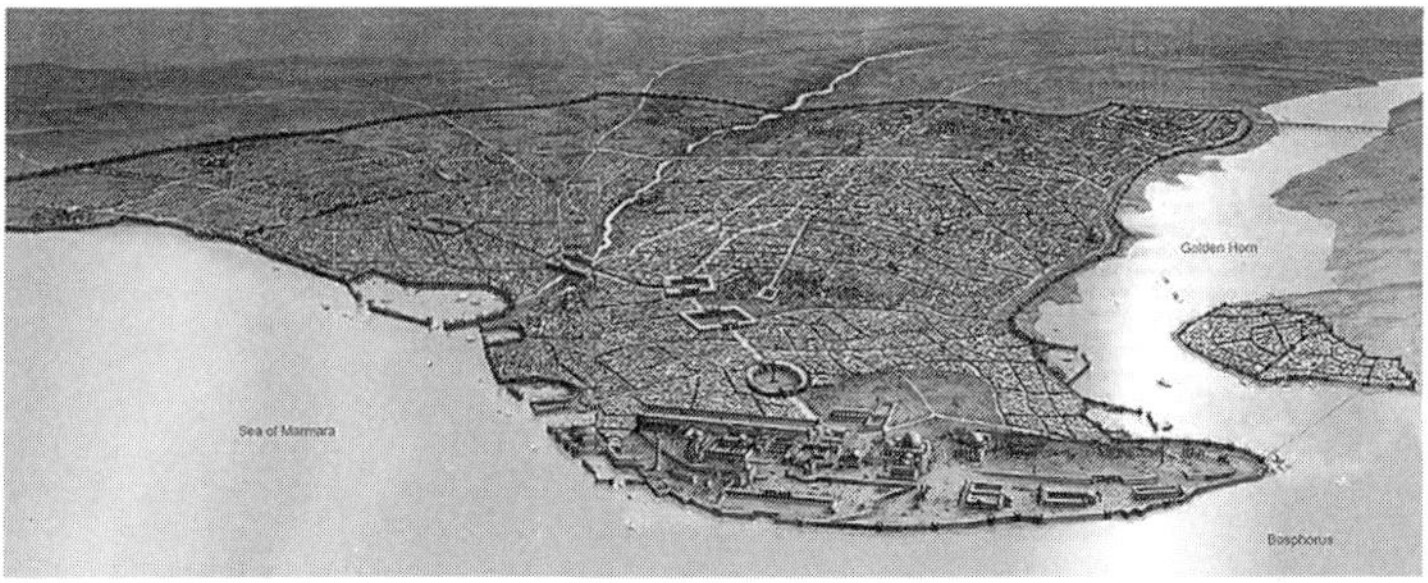

東ローマ帝国時代のコンスタンティノープル
出典：ウィキメディア・コモンズ(Wilimedia Commons)

服者のオスマントルコ時代の皇帝によって、一六一六年に完成した。

二つの荘厳にして華美な寺院の間の美しい緑地がスルタナメット広場である。

この美しい広場は、実はむごたらしい血にまみれた広場なのだ。ビザンティン時代は競馬場だった。競馬といっても、現今の競馬ではない。命がけの戦車競馬である。

戦車競馬は当時の市民たちの最大の娯楽だった。コンスタティヌス大帝時代は、ここに十万人もの観客を収容できたそうだ。

五三二年、競馬に熱狂した観客たちは、応援合戦の喧嘩がもとで、暴動を起こした。

「ニカ（勝利せよ）！　ニカ！」

と叫んで、手あたり次第に建物を破壊し、火を放った。遂には宮殿に殺到した。

これが有名な「ニカの反乱」である。

時の皇帝は、直属の軍隊に命じ、蜂起した市民の群れに総攻撃をかけ、一挙に三万人の人々を虐殺した。

広場には今も多くの人骨が埋まったままなのである。

わたしはスワ・アヤ・ソフィアを根城にして旧市街のあっちこっちを歩きまわった後、金角湾の対岸の新市街に宿替えした。

新市街

新市街とはいっても、コンスタンティノープルより古い歴史をもつ。大昔から人が住み、街ができていた。ギリシャ時代からの古い城塞都市だった。

一四五三年にコンスタンティノープルがオスマンに征服されてからは、アラブ人やムーア人、ギリシャ人、アルメニア人、ユダヤ人など、雑多なヨーロッパ人たちの居留地となった。一種の租界として今日に至ったのである。

新市街の入り口に巨大な円筒形の塔がある。一三四八年に建てられた物見の塔「ガラタ塔」である。旧市街とこの界隈を結んでいるのが金角湾をまたぐガラタ橋である。

ここから大通りを進むと、旧フランス領事館や日本領事館があるタクシム広場

「ガラタ塔」
photo by Jorge Láscar（http://www.flickr.com/people/8721758@N06）
出典：ウィキメディア・コモンズ（Wilimedia Commons）

にぶつかる。広場はボスフォラス海峡にほど近い。わたしが新市街の根城にしたホテル「マルマラ・タクシム」の部屋から、眼下のボスフォラス海峡と旧市街のモスク群が一望のもとだ。一つ上が最上階で、レストランだが、日が暮れると、ライトアップした夜景が見事だった。なんとも幻想的な眺めであった。

ガラタ塔のある界隈は、今でこそさびれているが、二十世紀初頭、オスマン時代には国際色豊かな店が並び、様々な人種の人々で賑わった。ここに当時、ヨーロッパからイスタンブールへやってくる世界一の豪華列車オリエント急行の客を迎えるためにつくられたペラ・パラスホテルがある。古き佳き時代を偲ばせる室内調度に人気がある。開業は一八九三年。かのアガサ・クリスティは、ここの四一一号室で『オリエント急行殺人事件』(一九三四)の大部分を書き上げた。わたしは彼女も利用したバーで一杯やり、魅惑的な雰囲気を楽しんだ。

ついでなので、次の日の午後、旧市街側オリエント急行終着駅シルケジ駅へ行ってみた。かつてオリエント急行は西欧とアジアを結ぶ唯一の陸上交通機関だった。古めかしい待合室やプラット・フォームをぶらついて、華やかなりし昔をしのんだ。構内のノシタルジックな食堂車「オリエンタル・エクスプレス」なるレストランで遅い昼食をとった。

帰途、ガラタ橋上にしばし佇み、夕闇せまる茜色の空にシルエットを浮かび上がらせた巨大なモスクのドームと尖塔群を眺めていると、いつしか胸中に泉の水のように旅愁が沸き起こり、鼻の奥がツンと痛くなった。

ピエール・ロティ

そうそう、イスタンブールに縁があったもう一人の作家のことをつけ加えよう。フランスの海軍士官にして作家のピエール・ロティ（一八五〇〜一九二三）のことである。彼こそが、それまでは誰も知らなかったイスタンブールの魅力を初めてヨーロッパの人々に伝えたのである。

ロティは海軍士官として世界各地をかけまわり、その航海中に訪れた土地を題材にした小説や紀行文を沢山書き残した。

彼は海軍士官としてイスタンブールへ何度も来ている。古いモスクの神秘的な雰囲気や、小さな街角に漂うもの悲しい空気に魅了された。トルコ帝政時代末期の退廃的な華やぎを愛し、トルコの人妻と危険な情事を重ねたといわれる。それを題材にした彼の最もロマンチックな小説『アジヤデ』（一八七九）はベストセラーになった。

ロティは日暮れ時になると、毎日のように金角湾のつきあたりの丘、エユップ地区にある小さな茶店《チャイハネ》のテラスに腰をおろし、チャイを飲み、水パイプをくゆらせながら、眼下の湾に浮かぶ無数の船が行き交う眺望を楽しんだ。

彼は日本へも寄港した。一八八五（明治十八）年と一九〇〇（明治三十三）年の二度にわたり来日。かの鹿鳴館のダンス・パーティにも出席し、その見聞を発表した。日本を題材にしたロマンチックな小説『お菊さん』（一八八七、邦訳は岩波文庫の野上豊一郎訳）が有名だ。当時の長崎の風俗習慣と日本情緒をたっぷり盛りこんだ『お菊さん』は、ヨーロッパの人たちが日本に抱くイメージに多大な影響を与えた。画家ゴッホも、この小説によって日本に熱烈な憧れを抱いた一人である。

わたしは先述のシルケジ駅を訪ねた日の翌日午後、マルマラ・タクシムの前で客待ちのタクシーを拾い、山頂の茶店（カフェ・ピエール・ロティ）へ行った。テラスから眺める夕日の斜光を浴びた金角湾の金波銀波は、息をのむほど美しかった。

いよいよ帰国という日の前日は夜明け前にホテルを出て、早朝一番出帆のボスフォラス海峡クルーズのフェリーに乗船。やがて朝日が登りはじめるや、岸辺の別荘や宮殿やモスクが黄金色に輝き、光芒を発した。ずっと甲板に立っていたが、その筆舌に尽くしがたい光景は最後まで見飽きなかった。

船着き場に戻り、出口へ向かって少し行くと、出帆する時は何もなかった埠頭に、突如、巨大な高層ビルが屹立していたので驚いた。よくよく目をこらすと、停泊した豪華客船「クイーン・エリザベス」であった。エリザベス号は感動するほど巨大だった。

帰国する日はよく晴れていた。十七時十分発直行便トルコ航空成田行きでイス

ボスポラス海峡の衛星写真　画面上が黒海、下がマルマラ海。イスタンブール旧市街は左側の右下にある三角形の半島の部分。イスタンブール旧市街の北側の細長い湾は金角湾。
出典：ウィキメディア・コモンズ（Wilimedia Commons）

タンブールに別れを告げた。

飛び立つと、どっと疲れが出て、すぐ寝入った。

飲み物を客席にくばる物音で目が覚めると、気分は爽快だった。

コーヒーを飲みながら、あらためて、

〈イスタンブールへ来られて、本当に良かったナ！〉

と思った。わたしは神の存在を信じないが、今は誰かにお礼を言いたかった。いつあの世からお迎えが来るかは判らぬが、今はただ素直に、

〈ありがとうございます〉

と、頭を下げたかった。

わたしはもう充分に人生を楽しんだ。体がこんなにガタガタになっても、念願のイスタンブールに来られたのは、おまけなんだ。今はおまけの人生を生きてるんだ。これからはどんなに背中が痛くても、泣きごとはこぼすまい。旅するように、日々を暮らそう。

……しみじみそう思った。

第三章　酒ほがい

第一話　わたしの酒歴

第一章で披露した天才婆《ばば》こと我が女房殿は、生まれが大阪、つまり浪速っ子である。

彼女は小さい時から食べ物の好き嫌いがはげしく、好きなのは玉子だけという極端な偏食家だった。小学生時代は偏食が祟《たた》って虚弱体質。おまけに母親泣かせの虫持ち。町内でも評判で、ある日、散髪屋に行くと、お河童《かっぱ》頭を刈っていた親方が、急にバリカンの手をとめ、

「えらいこっちゃ、いとはん。白髪《しらが》がおますわ。好き嫌い言うてたらあきまへん」

と大声を上げた。

すっかり脅《おび》えた彼女は、以来、特に嫌いなほうれん草、にんじん、トマト、玉ネギは、目をつぶって、鵜呑みするようになったそうだ。

酒はなおさらである。

なにしろ彼女の父がまったくの下戸で、正月のおとそ一杯で顔が真っ赤になり、フーフーと肩で息をする体質《たち》であった。一人娘が、学生仲間で一番の飲ん兵衛と結婚したいと言い出した時は、青くなり、行く末を案じた。その血をひいた彼女も、当然のように酒が弱く、わたしと東京世田谷に所帯をかまえたはいいが、やはりおとそ一杯で動悸がはげしくなり、寝こんでしまった。

しかし飲ん兵衛亭主と三十年ほど暮らした頃から、めきめきと手を上げ、やがて夜ごとの晩酌を相伴するようになった。今じゃ食前酒ならぺぺ、日本酒なら三千盛、バーボンならダニエル、ワインはボルドーなどと自分の好みもでき、酒肴《さかな》の味も覚えた。

わたしはこの頃、家で飲むことが多くなった。親しかった酒友は、悲しいかな、あらかた先に逝った。酒の楽しみは友ありてこそ。消えた酒友はざっと挙げただけでも、少年時代からの友の平山洋一。旧制高校からの友の佐藤孜。阪大新聞以来の友の稲毛真喜男、佐藤博司。「きらく」の友、重野広志や小林金三。身内の中で一番気が合った義弟、真一。わが子イズミ……。

もう誰も居ない。

先日もわたしが早い時間から晩酌をちびちびやっていると、かたわらの天才婆が陶然とした赤い顔で、

「五十年もつき合ってあげてるのは私だけよ」

偉そうに言う。出鼻をくじかれたこっちは癪《しゃく》にさわり、

「お前よりも酒とのつき合いのほうがもうちょっと長い」

と逆襲してやった。

わたしの酒は十七歳から父の公認である。

わたしが酒と煙草の味をおぼえたのは敗戦のあくる年、昭和二十一年、十七歳の時だった。この年、わたしは旧制官立弘前高校へ入学した。入学試験には学科以外に身体検査があり、係官の前ですっ裸にさせられた。初めて性器を握られ、

性病の有無をしらべられた。今でも恥ずかしかったのが忘れられない。当時は主食の米はもちろん、酒や煙草のような嗜好品はすべて戦時統制令による配給制だったが、全寮制の寮へ入ると同時に、未成年のわたしにまで、月一度、酒と煙草が配給された。当時は戦前の法律で旧制高校生は任官したものとみなされ、成人待遇。酒も煙草もおおっぴらであった。

わたしの家系は下戸と飲んだくれが六対四。祖父は父方も母方も下戸。父は四十歳まで酒は一滴も口にしなかったが、元来は飲める口だった。わたしときたら、はじめて飲んだ配給の冷や酒が、すきっ腹にしみとおり、たまらなくうまい。爾来《じらい》、米寿が目と鼻の先のこの歳になるまで、晩酌は欠かしたことがない。強い肝臓をさずけてくれた両親に感謝している。

最初の夏休みで帰省したとき、寮生仲間にたのみこみ、配給酒を一升瓶で入手。土産に持ち帰って、父にすすめたら大よろこび。その晩、イカ刺を酒肴に、親子二人で仲よく舌なめずりしながら、一升瓶をからにした。

わたしの酒は父の公認となった。

第二話　癌で死ぬのも……

若いときは、物書きになりたい、金が欲しい、女性にもてたいなどと、今にして思えば恥ずかしいことばかり考えていた。八十歳を過ぎてからは、酒を飲むこと以外に生甲斐はなくなった。

ちょうどその頃のこと、ある日、市役所から「後期高齢者健診案内」の通知がきた。放っておいたら、天才婆に見つかり、叱りとばされ、近所の石川内科クリニックへ行った。

「特に気になる病気の自覚症状は？」

と、聞かれ、頻尿の件を正直に話した。なにしろ夜中に四遍も五遍もトイレへ通うのだからやりきれない。いずれ昼日中でも、外出時は溲瓶《しびん》がわりにバケツをぶら下げて歩かなければならなくなるのでは……とビクついている身である。

検査の結果が郵送されてきた。口うるさい天才婆《ばば》に見つからぬように、あわてて診断書を読んだ。医師の所見欄には、たった一行、

「慢性腎不全」

とあった。

手元の『病院で受ける検査がわかる本』（法研）でしらべたら、「低下した腎機能は、もう元に戻りません」とあった。つまり頻尿は治らないという宣告だ。日頃から親しくしているB老医師のところへ出向いて、未練がましく診断書を見せたら、あっさり、

「長年の飲酒のつけですな」

と言われた。

〈そうだろうナ……〉

自分でも納得した。

酒をやめようという気は起きなかった。

ただし死に方を考えた。人間はいつかは死なねばならないのだから、上手に死のう。

その晩、

〈脳梗塞がいいナ……〉

と思った。

〈しかし植物人間として生きるのだけは、断固、拒否しよう〉

かねてより書きかけの遺言状を出し、こうつけ加えた。

「延命治療は一切しないで下さい」

少しだけ気分が晴れた。もちろん臆病者の痩せ我慢に過ぎないのだが。

翌日、遺言状の下書きを読み直した。すると、ずっと昔、癌でこの世を去った藤井信夫の顔を思い出した。

〈あれから何年になるだろう?〉

ヒゲ剃りあとの爽やかな豪傑顔が頭に浮かんだ。胸算用をしてみて、驚いた。はや四十年になるではないか。

藤井とわたしは奇妙な縁で結ばれた。この因縁話を語れば長くなる。割愛するが、いわば奇友とでも云うべき友なのである。

最後に会った日のこともすっかり思い出した。四十数年前の晩秋のことだが、

札幌の有名なホスピスケア専門病院・ＨＳ病院に末期癌で入院した藤井を見舞いに行くと、

「よく来てくれた」

意外に元気な声で迎えてくれた。わたしを気遣《づか》ってのことだとすぐわかった。しかし僅か二カ月ほど会わなかったうちに、それと判るほど頬がやつれていた。モルヒネを多用するので、苦しくはないと語った。

藤井はわたしにベットのわきの椅子をすすめ、ゆっくり起き上がって、病室の隅の小さな冷蔵庫の扉を開け、シャンパンのハーフ・ボトルを出してきた。

「オイオイ、酒なんかいいよ」

「大きな声を出すな。お茶がわりだ」

驚いたことに、シャンパングラスまで用意してあった。

彼は馴れた手つきで器用にコルクを抜き、なみなみと注いで、「さ、遠慮しないでやってくれ」

それからニャッと笑って、グラスをもう一個出してきて、少しだけ注ぎ、

「俺も味見する。乾杯！」

ベッドに横になったまま、ストローでチュッチュッとすすった。

藤井の最期を思い出していたら、泣きたくなった。しかし……、

〈癌で死ぬのも悪くはないナ……〉

実はわたしの娘のイズミは癌で早世した。溺愛したこの子のことは、いずれ稿を改めて書くことにするが、わたしはこの頃、銚子一本で、気持ちよく酔うようになった。この歳になると、少々義理を欠いても、糾弾されない。老いぼれの自由な境遇ほどいいものはない。

若い人は気の毒だネ。

第三話　イヤダカラ、イヤダ

酒を愛することにかけて、わたしが、

〈とても敵《かな》わぬ〉

と早早に白旗を上げた酒仙が三人いる。酔いどれ歌人の若山牧水（一八八五〜一九二八）、頑固オヤジの内田百閒（一八八九〜一九七一）、半酔翁と称し、名著『酒中趣』を著した青木正児（一八八七〜一九六四）。以上の御三方である。

先ず若山牧水だが、わたしは高校生の頃から牧水の歌に心酔し、一年生の頃はどこへ出掛けるときも歌集を携行した。この歳になって思い起こせば、なんとも気障《きざ》な仕草で、顔が赤くなる。

酒豪の牧水には酒を詠《よ》んだ名歌が多い。

白玉の歯にしみとほる秋の夜の　酒はしづかに飲むべかりけり

積年の酒がたたって肝硬変を起こし、四十三歳で昇天した。晩年は肝臓だけでなく、酒に起因する胃炎、腸炎、口内炎に苦しんだ。苦しみながら、酒を恋うる歌を次から次と詠んだ。以下、思いつくままに、わたしの愛唱歌を挙げてみよう。

かんがへて飲みはじめたる一合の　二合の酒の夏のゆふぐれ
酒ほしさまぎらはすとて庭に出でつ　庭草をぬくこの庭草を
足音を忍ばせて行けば台所に　わが酒の壜《びん》は立ちて待ちをる
妻が眼を盗みて飲める酒なれば　惶《あわ》て飲み噎《む》せ鼻ゆこぼしつ
いざいざと友にさかづきすすめつつ　泣かまほしかり酔はむぞ今夜

亡くなったのは四十三歳の秋、九月十七日。当日も朝七時過ぎに朝食がわりに五合の酒を飲み、さらに筆にふくませた酒を口内炎で腫《は》れた唇に塗ってもらい、七時五十八分、静かに不帰の客となった。死後三日を経ても屍臭なく、顔面に死斑もあらわれなかった。

主治医稲生信吾はこう記す。
「カカル現象ハ内部ヨリノアルコホルノ浸潤ニ因ルモノカ」

世の中に人の来るこそうれしけれ

次なる酒仙は借金の名人にして汽車と酒、小鳥と猫を偏愛した頑固オヤジの文人、百閒先生である。わたしは大阪大学を出て上京した当時、ぜひとも先生の謦《けい》咳《がい》に接したかった。しかしお宅に伺ったところで、門前からスゴスゴと引き返すのがオチであったろう。なにしろお宅の玄関の柱の呼鈴の下に小さな紙が貼りつけてあって、それにはこう書かれてあったそうだから。

蜀山人
世の中に人の来るこそうるさけれ、とはいふもののお前ではなし
亭主
世の中に人の来るこそうれしけれ、とはいふもののお前ではなし

この話を恩師の野崎孝先生よりお聞きし、わたしは臆した。何度か伺おうと思い立ったが、そのたびに臆病風に吹かれ、そうこうするうちに百閒先生はお亡くなりになってしまった。

先生は本名が内田栄造、俳号が百閒。またの名（書斎名）を百鬼園。「百鬼園」は「シャッキン」（借金）の洒落である。

百閒先生は大酒飲みであった。

無類の酒好きだが、酔っぱらいは嫌いだった。とりわけ他人が酔っぱらうのは大嫌いだった。

彼は戦争中、爆弾と焼夷弾が雨霰《あられ》と降る中を逃げまわった時も、酒瓶だけは離さなかった。

一九四五（昭和二十）年五月の米機Ｂ29による大空襲の夜半のことである。片手に愛鳥の目白を入れた小籠、もう一方の手に配給の一升瓶をさげ、火の粉の下を命からがら逃げた。後生《ごしょう》大事にかかえた瓶には、昨夜飲み残した一合ばかりが入っている。途中で立ち止まっては、ポケットに入れてきた小さなガラスコップに注いで、一杯また一杯。朝、明るくなってから、最後の一杯半を飲み干した。こんなにうまい酒は、今まで飲んだことがなかったそうだ。

数日後、掘立小屋に落ち着き、奥さんがヤミで酒を工面してくると、

「烈女ナリ貞婦ナリ、天晴《あっぱ》レ天晴《あっぱ》レ！」

と手を打って喜んだ。

百閒はグルメだった。しかし並みのグルメとは違った。なにしろ彼は、食糧が乏しかった戦争中、夕食をおいしく食べるために、朝食も昼食も抜いた。

「私は間食は決してしない。ただひたすらに夕食を楽しみにしてゐる」（「百鬼園日暦」昭二十一）

そしてこう続ける。

「一日に一ぺんしかお膳の前に坐らないのだから、毎日山海の珍味佳肴を要求する。又必ず五時に始まらないと騒ぎ立てる。その時刻に人が来ると情けない」

そのため、初めての訪問客は文句なしに面会謝絶。さらに親しい客を追い返す

ため、門柱に次のように書いた紙を貼り出した。

「春夏秋冬　日没閉門」

百閒は毎日のお膳の食べ物をメモした。そのメモ帖の表紙には、こう記されてあった。

オ数ノ名前ヲ知レルハ貧乏人也
オイシイ物シカタベヌハ外道也
オイシクナイ物ヲ好ムハナホ外道也

一九六七（昭四十二）年、百閒は芸術院会員候補に推薦された。

〈「会員になれば、貧乏な自分には六十万円の年金は有難いが、自分の気持ちを大切にしたいので、どんな組織にでも入るのが嫌だ」〉

辞退の口上は、

「イヤダカラ、イヤダ」

であった。

酒中の趣

さて、三人目は元旧制京都帝国大学教授・青木正児先生である。大酒飲みの牧水や百閒とは大違いで、先生の日課はいつもの通り晩酌をすませるや、早くから寝床へ入り、ラジオを聞きながら眠りにつく。夜中の二時か三時に目が覚めると、静かに書斎で執筆にはげむ。それに飽きると、瓢箪につめた酒を二杯か三杯、盃に注ぎ、飲む。そうこうしているうちに眠くなり、また寝床にもどる。夜が明けたら、朝食前に冷酒を小さいコップで少量飲む。食後は横になってラジオを聞き、とろとろとまどろむ。このように先生は酒を愛《め》ずることでは、人後に落ちないが、その酒と同じくらい好きなのが酒に関する本を書くことだった。こうして出来上がったのが、

『中華飲酒詩選』（一九六四刊・筑摩書房）

『酒中趣』（一九八四刊・筑摩書房）

古来、酒を愛する御仁といえば、一晩に酒三、四升を空ける酒豪が殆どだ。いわゆる大酒飲みである。猪口《ちょこ》で二つ三つ舐《な》めただけで赤くなり、居眠りするような酒に弱い御仁は、愛酒家の範疇に入らなかった。そういう愛酒家の概念を変えたのが半酔翁こと青木正児先生であった。

前著は中国の古代から唐代までの飲酒詩の中から傑作百五十有余を選んで、その一つ一つに直訳、意訳を附した名著。代表的詩人の陶淵明・李白・白楽天の三人を中心に、これに前後の諸家の作品を加えたアンソロジーである。

後者は世の愛酒家に、究極のところ、

「そもそも酒を愛するとはどういうことか、大酒を飲むということなのか？」

と問いかけ、それに答えた名著である。

『中華飲酒詩選』中の酔吟先生こと白楽天は官吏生活三十年、まさに老いんとして洛陽に隠棲《いんせい》。天性酒を好み、琴にふけり、詩作し、たずねてくる酒徒琴徒とまじわり、悠々自適の暮らしを楽しんだ。彼が生涯に詠んだ詩はざっと二千八百首。飲酒の詩が九百首ある由。青木先生は同著に白楽天の面目躍如とした「朝亦独酔歌」で始まる次のような詩を収録している。先生の直訳で披露しよう。

一．朝も独りで酔うて歌ひ
暮も独りで酔うて睡る。
まだ一銚子の酒の尽きぬうちに
もはや三度も独りで酔うた。
酒量は少《すくな》すぎるが不足はない。
手軽に楽しめるのが、まあ喜ばしい。

二．一盃また二盃
多くて三、四盃とは過ごさぬ。
それで、もう好い気持ちになり
身の外の事は皆忘れる。

更に復《ま》た強ひて一盃重ねるならば
好い気持ちで萬《よろず》の累《わずら》ひを忘れてしまふ。

三．一度に一石《こく》も飲む人は
ただ多いのを貴《よい》としてゐるが、
其の酩酊する段になると
私と少しも異《ちが》はない
御免蒙る、大酒飲みは
ただ酒代を使うばかりだ

青木先生の酒の飲み方はそのまま白楽天の飲み方に通ずる。

詩聖と云われた陶渊明と李白は、いわゆる「斗酒なお辞せず」という大酒家であったが、青木先生は「酒を愛するとはどういうことか？」という問いに対して、譬《たと》え話でこういう解答を出している。

昔、斎の国の大将軍桓温が、酒好きで有名な参謀の猛嘉に、

「一体、君は酒の何がよくて飲むのかね？」

と尋ねた。猛嘉は、

「閣下はまだ酒中の趣がお判りにならないのですよ」

と教えなかった。

李白は、「月下独酌」という詩の中で、酒を飲むのは、

「ただ酒中の趣を得んのみ。醒者の為に伝うる勿れ」

と詠じた。

（ただ酒中の興趣を解すればよい。下戸に言って聞かさないことだ）青木訳
酒中の趣は自得すべきもので、人に教えてもらうようなものではないというのである。

わたしの脳裡に、夜半、瓢箪の酒を盃に二杯か三杯注いで、静かに酔い心地を楽しんでおられる半酔翁こと青木正児先生の面影が去来した。

義母の酒

〈そうだ、お母ァちゃんがそうだった。〉

久しぶりに義母の笑顔を思い出した。

天才婆の実母、芳枝は、まさにそういう愛酒家であった。義父の留吉は酒とは敵《かたき》同士だったが、義母はわたしが妻の実家へ遊びに行った時など、晩酌をやり出すと、

「私にも一杯頂戴」

と、自分用の盃を差し出した。

わたしが注いでやると、いかにもうまそうに、少しずつ舐めながら、

「ああ、おいしい！」

満面に笑みを浮かべた。目がほんのりと赤くなった。

「お母ァちゃん、もう一杯どうですか？」

と、わたしがすすめると、

「ありがとさん。明日、また頂戴」

ニッコリ微笑み、盃を伏せた。往事渺茫《おうじびょうぼう》。老母の笑顔は、改めてわたしに、酒を愛するとは量を飲むことではなく、酒中の趣を解することだと気づかせてくれた。

参考までだが、『酒中趣』を読んでいない方のために、せめて目次だけでも紹介しておこう。どの項も話の種である。

抱樽酒話

一、酒茶論
二、瓶盞病（酒精中毒）
三、止酒の詩
四、中酒の奇習
五、大酒の会
六、琥珀の光
七、酒の飲み方

酒の肴

十二、豆腐腐談
十三、清朝末年或日の宮廷の献立
十四、蘇東波の味覚
十五、橄欖の実
酒顚上巻　（サケキチガイ）
酒顚下巻
酒顚補

第四話　老いの生態

人はみんな老いる。年をとるにつれ、からだの機能が衰え、内臓も血管も筋肉も、もちろん脳も、若いときとは違ってくる。老いの自覚は千差万別。わたしは嗅覚と味覚が極端に衰えたと思う。

若いときは酒ならなんでも喜んで飲んだものだが、今では日本酒かワイン、シェリー、紹興酒くらいしか飲みたくなくなった。ビールも好きだが、トイレが近くなるので、なるべく我慢している。あれほど好きだったウィスキーやブランデーは、今ではアイスクリームを食べるときに上からかけて使うだけだ。

白状するが、鼻がにぶくなり、ワインの良し悪しなんか、もうわからない。

第一、昔はスラスラと口に出たボルドーの名酒の名前が、全く思い出せない。八十歳で亡くなった歌人の太田水穂が晩年によんだ歌の中に、こういうのがある。

もの忘れまたうち忘れかくしつつ　生命《いのち》をさへや明日は忘れむ

八十七歳のわたしの身に、自分が自分でなくなる日が、確実に迫ってきている。味覚もすっかりにぶった。昔は鯛やヒラメ、鮪など、産地による味の違いがわかったが、今じゃ判別がつかない。

万事、大雑把《おおざっぱ》になった。

しかしそれはそれで、助かっている面もある。なにしろこちとらは懐がさびしい老いぼれ爺《じじ》イ。昨今は安物のワインでも、旨い旨いと満足して飲んでいる。

若い頃は背伸びしていた。ボルドーだブルゴーニュだと凝《こ》りまくって飲んだ。昔の生意気なおのれを思い出すと、苦々《にがにが》しくなる。

助かっているのは、それだけではない。

安部晋三総理は政治主導によって物価上昇をはかっているが、日本列島は完全に長期デフレ下にある。

デフレは賃金も上がりづらいので、若い人にとって地獄だが、老いぼれには天国。

その上、円高の影響で、輸入ワインもシェリーも紹興酒も安くなる一方だ。わたしごとき飲ん兵衛の年金老人にとって、このご時世はありがたいことこの上ない。

大七酒造の話

さて、その酒のことだが、ついでなので、ここらでちょいと、わたしの好みの酒について述べてみたい。まずは日本酒である。日本酒は不思議な酒だ。酒肴を選ばない。和食は勿論だが、フレンチ、イタリアン、中華、どんな料理とも相性がよい。
この歳になっても愛飲している銘柄を挙げれば、次の三つ。
新潟・朝日酒造「千寿・久保田」
福島二本松・大七酒造「生酛」

岐阜・尾張屋「三千盛《みちさかり》」

値段はいずれも七二〇mlで千円ちょっと。

「千寿」という酒を知ったのは、第一章で紹介した行きつけの小料理屋「はやし」のおかげである。この店のおカミは先述のとおり、わたしにとって慈母観音。料理人の亭主は生一本の頑固者で、店で出す酒は千寿のみ。千寿はいわゆる淡麗型の極致とでも云うべき辛口酒である。飲みあきない。

次の大七酒造とわたしとは、奇縁といおうか、因縁がある。

大七は一七五二年創業の老舗酒造である。

自然の乳酸菌や純粋酵母による伝統的な醸造法（生もと造り）にこだわり続け、創業二百五十周年の節目に最高峰の生もと純米大吟醸酒を世に出した。名づけて「妙花蘭曲」（七二〇mlで一万四千円）。海外の著名な国際コンクールに出品してたちまち栄えある金賞を受賞した。

もう二十年程も昔のことだったと思うが、トヨタが新型車発売の記念に、ハガキで応募した人の中から抽せんで、日本全国で何名だったかは忘れたが、妙花蘭曲をプレゼントするキャンペーンを催した。

〈わたしが応募したかって？〉

もちろん応募した。見逃す手はない。

わが女房殿は、あきれたように、

「バカバカしい。当たる筈がないでしょ」

と、断言。あまつさえ、わたしの幼稚な企《くわだ》てをケチョンケチョンにけなした。

わたしが当選通知をもらったのは、応募したことをすっかり失念した頃のことだった。

正月に二人の息子たちをよび寄せ、このバカ高い値段の酒の栓を抜き、祝杯をあげた。癖がない、喉《のど》越しのよい酒だった。

息子たちは味よりも、工芸技術の粋を集めた容器に嘆声をあげた。ボトルはヴェネチアンガラスで有名な優美なイタリア製、瓶の肩に蔦の葉をかたどったドイツ製の重厚なエンブレム、ラベルは繊細な加賀伝統の蒔絵……。わたしも息子たちの意見に同感だった。

白鷹と三千盛

さて、次なるは「三千盛」である。

その前に、わたしがこの名酒にめぐり会うまでに辿った旅路にふれておこう。

戦後、原料の米不足を補うため、日本酒にアルコールとブドー糖、水飴を添加して三倍に水増しした「アル添酒」が横行した。

わたしは関西のとある料亭で食事をした際、出された灘《なだ》の酒があまりにも料理に合わないので、思わず、

「こんな甘ったるい酒が飲めるか！」

と怒鳴り、その日から日本酒を飲むのをプッツリ止めた。

それから二年程たったある日のこと、末の倅の龍哉が小学校へ入学した記念に、家族全員を引きつれ、お伊勢参りの旅に出た。

門前町の土産屋の店先で、品のいい老人がベンチに腰をおろし、静かにコップ

酒を飲んでいた。いかにもおいしそうな飲み方だった。

その光景に釣られ、客待ちの女店員に、

「冷《ひ》やで一杯下さい」

思わず注文してしまった。

うまかった！

実にうまかった。

それが「白鷹」だった。

西宮市・辰馬悦蔵商店「白鷹」

後日、日本中の有名酒のおおかたがアル添酒、三増酒、桶買《おけが》いで売上増を計っている中で、白鷹のみはひたすら本物の日本酒を作り続けていることを知り、感服した。この蔵元は量を追わず、質を追求した。

生産量が増えないため、札幌の酒屋では殆んど手に入らない。僅かに三越百貨店が取り扱っているだけである。それも年末から正月にかけての短期間のみ。

残念ながら、わたしが白鷹を飲むのは年に一度だけである。

三千盛にめぐり会ったのは、ちょうどその頃のことだ。知人の一人にある有名外資企業の日本支社長がいた。彼の奥さんは作家、丹羽文雄の娘だった。彼は舅《しゅうと》の丹羽さんのすすめで三千盛を知った。永井龍男、小林秀雄、今日出海といった酒にうるさい文士仲間に熱烈な愛好者が多いとのことであった。

わたしが彼に白鷹が手に入りづらいことを嘆くと、大いに同情してくれ、その年のお歳暮に、三千盛を気前よく十本も贈ってくれた。わたしはなるほど辛口の名酒だと感心し、一ぺんにファンになった。

日本酒のことはこれくらいにしておく。

シャンパン

日本酒の次によく飲むのは、今でもワインである。先に第二章で縷縷《るる》述べたように、わたしがそのむかし、欧米をあっちこっちうろついていた頃、夜ごとに飲んだのは、いうまでもなくワイン。だが、悲しいかな、今やボルドーやブルゴーニュの隠《かく》れなき名酒ですら、スラスラとは脳裡にその名が思い浮かばぬ。いわんや行った先々の土地で舌づつみを打った地酒ワインの名など、思い出す術《すべ》もない。

〈悔《くや》しい！〉

惚《ぼ》けたのだ。

ワインについては語るのはあきらめよう。

かわりにシャンパンとシェリーについて一言つけ加えることにしよう。どちらもワインの仲間である。

シャンパンはご承知の通り発泡性のワイン。ワインを瓶詰めにし、糖と酵母を加えて密栓、発酵させたのがシャンパン。手間と時間がかかるが、それだけ複雑にして玄妙な味が増幅し、泡もきめ細かく美しく仕上がる。

泡が出るワインを俗にまとめてスパークリングワインという。フランスだけでなく、スペイン、イタリア、ドイツなど、様々な国、地方で作っている。スペインでは「エスプモーソ」、イタリアでは「スプマンテ」、ドイツでは「ゼクト」、フランスでは「バンムスー」と呼ぶ。

では「シャンパーニュは？」

シャンパンというのはフランスのシャンパーニュ地方産のスパークリングワインのこと。シャンパンと名乗ることができるのはフランスの法律でシャンパーニュ地方産のスパークリングワインのみ。

ボルドー地方産のワインを単に「ボルドー」、ブルゴーニュ地方産のワインを単に「ブルゴーニュ」と呼ぶように、シャンパーニュ地方産のバンムスーは「シャンパーニュ」というのが正式な呼び名である。

どういうわけか、日本では昔から「シャンパン」が通り名。例のヘソ曲がりの内田百閒はわざわざ「シャムペン」と呼んでいた。

シャンパンは日本酒と性格が似ている。食べ物との組み合わせにあまり気を使わなくてもいい。

赤白ワインは料理との相性《あいしょう》がむずかしい。ひとくくりに「肉なら赤、魚なら白」などというが、有名フレンチレストランでメニューを見ながら、ソムリエにテキパキと料理に合うワインをオーダーできるのは、海外生活が長い人か、よほどの通人だけである。わたしごとき半可通は完全にお手あげ。

クロード・デュポン

シャンパンは料理を選ばない。

エピソードを一つ。

ヨーロッパの美食の街、ベルギーの首都ブリュッセルは、フランスより安くておいしいフランス料理が食べられる街だが、ここに本場フランスからも足を運ばせるフランス料理の重鎮、クロード・デュポン氏の店がある。この道五十年の銀髪が美しいデュポン氏は親日家で、一九六八年にホテル・ニューオータニのベルギーフェアで初来日。七〇年の大阪万博ではベルギー館料理長を務め、その後も定期的に来日し、ここで修行した日本人のシェフも多い。

わたしがブリュッセルの老舗「クロード・デュポン」を訪ねたのは一九九九年五月のこと。二度目は六月。最初のときは日本人の女性旅行者一行から案内をたのまれたのである。前菜、魚介、肉のコース料理に「今月の特別料理一品」を加えた豪勢なディナーを賞味した。わたしの乏しい知識では、皿が変わるたびに、おびただしいメニューの中から、それに相応《ふさわ》しい赤白ワインを選び、しかも限られた予算内でオーダーするのは到底できない相談なので、アペリティフからデザートまでシャンパンで通した。二度目に訪れたとき、挨拶に顔を見せた主人のデュポン氏に、シャンパン一本槍でよかったのか、単刀直入に質問した。

デュポン氏はニッコリ笑って、わたしの肩を軽く叩き、

「あれでよろしい。シャンパンで通すのはオシャレなやり方だよ」

わたしはお墨付きを頂戴し、ホッとした。ちなみに辛口のシャンパンは日本の天ぷらとも相性がよいということも教わった。

最後にシェリーだが、シェリーはスペイン南端の古都ヘレスでつくられる酒精強化ワインである。

どうかわたしが本稿第二章「ここに地果て　海はじまる」の第四話で述べた「大航海時代」のことを思い出していただきたい。ヨーロッパ諸国は十五世紀以降、ポルトガル、スペインを先頭に、世界の海を駆けめぐった。冒険商人や探検

家たちは、飲料水の代用を兼ねてワインの樽を大量に船に積み込んだ。だが、船旅は揺れるだけでなく、途中で赤道を越えるため、ワインのようなアルコール度が低い酒はもたない。ワインはアルコール度が12～13パーセントである。そこで船旅に積み込むワインとして選ばれたのが、ワインづくりの途中で酒精強化（アルコールを加えること）したシェリーだった。シェリーのアルコール度数は15～22パーセントである。（参考までに日本酒は15～18パーセント）。

シェリーは普通のワインよりアルコール度数が少し高いだけで、打たれ強いボクサーのように長旅に耐えることができた。

シェリーとポート、マディラが「世界三大強化ワイン」といわれている。大航海時代の船人にとって、ワインといえばこのタイプのワインのことだった。コロンブスが新大陸を発見したときも、マゼランがアフリカの喜望峰を回って世界一周を果たしたときも、船にはこのタイプのワインが積み込まれていた。

日本で一番有名なシェリーは「ティオ・ペペ」だ。一八三五年創業のゴンサレス・ピアス社のフィノ（辛口）タイプのシェリーである。このタイプのシェリーは日本酒と同様に和食は勿論フレンチ、イタリアン、中華、どんな料理とも相性がよい。

創業者ゴンサレスの叔父（ティオ）ペペ氏は、当時は地元でしか飲まれなかった辛口タイプのシェリーが好きで、自分のためにわざわざ熟成させ、愛飲していた。やがてこのペペ叔父さん専用シェリーの樽は「ティオ・ペペ」と貼紙されるようになった。

一八四四年、このシェリーを、その頃最大のシェリー消費国イギリスへ輸出してみたところ、大好評を博した。

たちまち世界のベストセラーに育った。

ティオ・ペペのファンが多いのは日本とて変わらない。

わたしが好きな横浜のホテル「ニューグランド」は一九二七（昭和二）年の開業。改装前は、正面入口横に有名な酒場《バー》「シー・ガディアン」があった。この酒場を愛した著名人は枚挙にいとまがない。『鬼平犯科帳』や『剣客商売』の作家、池波正太郎も、ここが大のお気に入りだった。

わたしが小学校時代からの親友、商社マンの平山洋一とこの酒場へ足繁く通い始めたのは、敗戦から二十年くらい経ってからだが、常連の石原裕次郎が注文するのは、最初の一杯目がきまってティオ・ペペ。彼はバーマンとたわいのない話をはずませながら、シェリーグラスでたて続けに三杯ほどあおり、そのあとはスコッチの炭酸割り。同じく常連の松田優作の好物も、やはりキリッと冷やしたティオ・ペペ。食前酒として二、三杯飲むのが普通だが、彼の場合は小さなシェリーグラスじゃ面倒だと、大きめのサワーグラスで瓶一本を空けてしまう。

わたしが逗子の自宅へ帰る平山を見送りに玄関の回転扉の外へ一歩出たら、深い夜霧の中へ、長身の松田がすっと消えていった。今夜も梯子酒らしい。

しばらく後のことだが、わたしが仲良しの男性化粧品マンダム本舗の社長、西村彦次さんと京都のさるホテルのレストランで会ったとき、松田も同席した。松田はマンダムのテレビコマーシャルに出演していた。大酒家の松田とわたしはその夜、すっかり意気投合し、へべれけに飲んだ。

申し遅れたが、わたしが西村さんに知遇を得たのは敗戦後の焼野《やけの》が原の大阪。

シベリアで苛酷な虜因生活を送り、やっとの思いで祖国へ帰還できた西村さんとの出会いの話は長くなるので割愛する。

此の頃、懐中が淋しいわたしは、一本千円以内の安物のフィノを寝酒に飲むことが多くなった。安物でもフィノはフィノ。うまい。

第五話　酒徒はすべからく酒室を持つべし（酒中趣）

さて、どん尻は紹興酒である。中国の酒は蒸留酒の白酒《パイチュウ》（原料はこうりゃん、米、雑穀）と、醸造酒の黄酒《ホワンチュウ》（原料はうるち米、もち米、きび等）とが普及している。黄酒では江南（長江の南の地方）の紹興市の特産品「紹興酒」が最も有名。

白酒はアルコール度が40～62パーセント。

紹興酒は日本酒と同じく16～18パーセント。和、洋、中、大ていの料理と合うが、やはり中国料理との相性が抜群。日本酒と同様に、燗をして飲む人も多い。

わたしにこの酒の味を教えてくれたのは、早くに死んだ親友の加藤平八である。漫画家の加藤芳郎さんの実弟で、新中国系の新聞の日本支局に勤めていた。その頃、東京で暮らしていたわたしと平八は、後に航空ミステリー作家になった故・福本和也の紹介で出会った。年齢が同じだったのと、いわゆるウマが合うというやつで、程なく「水魚の交わり」という仲になった。無類の善人だった。仕事の都合で別に一家をかまえている兄貴の芳郎さんにかわって、母親の面倒をみるため、共同水道の棟割り長屋で母と二人暮らしをしていた。

とはいうものの、世話をやいているのは、実は老母のほうだった。

末っ子の平八は、布団の上げ下ろしからパンツの洗濯まで、一切合財、母親の世話になっていた。老母の生活費は、毎月、実直な長兄の芳郎さんが届けにきた。

紹興酒は十年もの、十五年ものと、熟成した銘柄が多い。俗に「老酒《ラオチュウ》」とあだ名で呼ばれるのは、年月を経るほどにまろやかで香りのいい酒になるためである。

こういう有名銘柄でも普通サイズの６００ml～６４０mlの瓶が千円以下なので有難い。

これはその昔平八から聞いた話だが、紹興では、女の子の誕生時に貯蔵した酒を、その子の結婚式の日に祝い酒として客にふるまう風習があるそうだ。老酒とは言い得て妙なり。

話はいささか横道にそれるが、わたしはかねがね平八から聞いた江南の風光明媚な村々を旅行してみたかった。「江南」とは、江すなわち長江（日本で云う揚子江）の南側一帯をさす。大ざっぱにいえば、蘇州市を中心とするデルタと杭州市を中心とするデルタからなっている。有名な太湖をはじめ大小の湖沼に富み、人工水路が縦横に発達。水辺には古い集落（古鎮《こちん》）が美しい町並みをつくっている。肥沃な土壌と温暖な自然条件にめぐまれ、中国第一の穀倉地帯である。その経済力によって文化が栄え、天下の文化人が集まり、且つまた優れた文化人を輩出してきた。

現在では上海からの高速道路網が完備し、蘇州までバスで一時間半、杭州までは二時間、杭州から紹興までは僅か。

わたしが初めて中国へ旅立ったのは一九九七年四月のこと。もちろん江南も旅行計画に組みこんであった。

わたしと同年輩の方なら、きっとご存知だろうが、わたし達が小学校六年生の頃、服部良一作曲のメロディ「蘇州夜曲」が一世を風靡した。西条八十が作った歌詞はあらかた忘れてしまったが、どういうわけか、歌詞の一番目の結びの、

〽水の蘇州の花散る春を
惜しむか　柳がすすり泣く

というフレーズと、二番目の歌い出しの、

〽花を浮かべて流れる水の

明日のゆくえは知らねども

というフレーズだけは、おぼろげに記憶に残っている。

蘇州へも行きたかったが、紹興へも行ってみたかった。それにはそれなりの訳がある。

紹興は尊敬する作家の魯迅の故郷である。魯迅は一八八一年、紹興で生まれ、長ずるに及んで日本へ留学。医学を学んだが、やがて文学者に転身。帰国後、上海で発行されていた雑誌「新青年」に寄稿し、中国を代表する作家となった。自分の故郷紹興の生家の近くの酒店を舞台にした小説『孔乙己《コンイーチー》』(一九一九)や『阿Q正伝』(一九二一)が有名である。

魯迅はこの作品の中で、彼が中国社会の救いがたい病根と感じた古い農村社会を背景に、主人公を通じて古い中国人の典型を生き生きと描いた。すなわち自尊心が強く、自分がダメ人間だとは決して認めない。それどころか、たえず言いわけし、自分で自分をだまし続けて生きているため、真実の自分を知らないし、知ろうともしない。魯迅はこれらの作品によって、同胞たちに自分自身のありのままの姿を写す鏡を提供したのである。

わたしの酒室

わたしは蘇州へも紹興へも行けなかった。江南へまさに旅立とうとする前夜、上海のホテルへ緊急電話が入った。ああ、なんということか！　ガンで入院していた義弟、真一の容態が急変し、息をひきとったというのだ。わたしはただちに以降の旅を放棄し、日本へ引返した。

大阪で大手の設計事務所を営んでいた真一の性《さが》は真情径行。竹を割ったような気性というのは、彼のような男をいうのだろう。享年五十七。わたしは彼を愛していた。申し遅れたが、彼はわが女房殿のたった一人の肉親である。わたしと彼は実の兄弟も及ばぬ程の濃密な絆で結ばれていた。だから先立たれた哀しさは、たとえようがなかった。からだの芯が凍るような淋しさは、耐えがたかった。

さすがに気丈な女房殿も、この時ばかりは人目をはばからず大泣きに泣いた。こういうところが、わが女房殿のいい性癖だ。惚気《のろけ》で言うわけじゃないが、白状すれば、わたしは彼女のこういうところに惚れたのである。

酒そのものの話はこれくらいにしておこう。さて、その飲み方であるが、酒好きで凝《こ》り性《しょう》な『酒中趣』の著者、半酔翁こと青木正児先生は、左記のように述べておられる。

「私の好みとしては、気の合うた友達二、三人と、話しながら飲むのが一番旨い。場所は（略）吾が家で飲むのが、気が置けなくて一番宜しい。私は吾が家で飲むことを愛するのでありますが、それに就いて若い頃から一つの理想を持っております。それは茶人には茶室が有る、酒徒もすべからく『酒室』を持つべし、と云う主張であります。酒徒は天地を以て室となす、と大きく出ればそれまでですが（略）やはり酒室はほしいものです。さて酒室のしつらいは、趣向を凝らせば限りはないが、要するに戸棚が一つ、瓶懸一つ、酒具食器の類を備えておいて、主人自ら燗をしながら客に勧め得れば足る（略）。むかし（略）京・大阪では、富豪も親しい同志が往来して閑話するのに、召使の労力を省くため、別室に客を招待する座敷をこしらえ、戸棚に台所道具一式備えておき（略）主客とも手づから煮たり焼いたりして、心ゆくまでに打ち食いつつ閑話する（略）。是は誠に良い仕組みで、吾々の酒室も、要は是に尽きるといってよいでありましょう」

わたしも同感だ。

実はわが家は昔から酒室をかまえている。とはいっても、種を明かせば、キッチンの隣室の四坪ばかりの粗末な食堂のことだが、笑わないで欲しい。

壁ぎわに酒器食器を並べた戸棚。

自慢していいものが一つだけある。室の中央にデンと居座っているイタリア製の馬鹿デカイ食卓である。大人が六人、ゆったり着席できる。この見事な装飾テーブルを買い求めてきたのは、言わずと知れたわが女房殿。

〈そうだ、うっかり書き漏らすところだった！〉

この装飾テーブルの卓上に、ピッタリはまって乗っかっている重厚な板ガラスは、わがふるさと函館の実業家にして年少の親友、村田英司が寄贈してくれたもの。

おかげで酔っぱらった酒徒が酒をこぼそうが汁をこぼそうが、平っちゃら。怖い女房殿に小言をいわれずとも済む。

村田が脳内出血で昏睡したのはもう六、七年前のことだ。

この春、その栄ちゃんから、突然、「元気かい？」といとも朗《ほが》らかな声で電話がかかってきた。

わたしは驚いた。

〈奇跡ってのは、やっぱりあるんだ！〉

しかし再会の日は遂に来なかった。

村田夫人の話によれば、栄ちゃんはあの電話の直後、再び昏睡状態におち入り、今も昏昏と眠ったままだという。

近頃のわたしは、客のあるなしにかかわりなく、四時をまわったら一風呂浴び、酒室でくつろぎ、手酌で一杯飲む。

女房殿にいつも長っ尻をこっぴどく叱られる。

が、こればかりはやめられない。

しばらくぶりに年少の友、栄ちゃんと飲み歩いた昔を思い出していたら、なぜだか不意になつかしい故人、堀江光男の顔が瞼に浮かんできた。通称・堀江のおっちゃんこと堀江光男は、わたしの最年長の友だちである。亡くなってから、はや十年になるが、彼のことを思い出すと、今でも切《せつ》なくて、胸が痛くなる。

おっちゃんの思い出話は章をあらためて書くことにしよう。きめた。

第四章　シニアライフの春夏秋冬

第一話　独楽吟

わたしは拙者『人生70歳からが愉しい』（亜璃西社。二〇一〇刊）の冒頭に、ずうずうしくも、「人生、本当に愉しいのは七十から」と書いた。

とんでももない！

現実はそんな甘いものではなかった。七十代と八十代とでは雲泥の差。前にも述べたように、なにしろ、わたし如きシニアライフの老いぼれの肉体は、もはや耐用年数が切れたボロ雑巾。川を上《のぼ》る鮭にたとえれば、精子を放出してあの世へ旅立つ寸前の牡《おす》のホッチャレ。体じゅうに健康な器官など、ただの一つも残されていない。つまり目、歯、ヒザ、胃、肺など、肉体機能のすべてが老化し、気息奄々《えんえん》。

とりわけ頭！

テレビで散々見ているタレントの名前が思い出せない。昔なじみの友の名前すら忘れる。料理の名前も忘れる。何度も読んだ本の題名も忘れる。ひどいときは孫の名前を呼びまちがえる。情けなや！　日夜、記憶喪失の苦しみにさいなまれ、地団駄《じだんだ》を踏み、おのが頭を呪《のろ》った。

一九六一年七月、畏敬するアメリカの文豪アーネスト・ヘミングウェイが此の世を去った。死にざまが衝撃的だった。山田風太郎著『人間臨終図鑑』（徳間書店・一九八六刊）によれば、晩年のヘミングウェイは、もはや若かりし頃の逞しい颯爽とした彼ではなかった。かつての鋼鉄の巨人のようなイメージとは別人だった。高血圧と肝炎に苦しみ、弱々しく、舌がもつれ、足どりもおぼつかない亡者の如き老人だった。自作にも自信を失い、世評ばかり気にする哀れな老いぼれと化していた。

七月二日の早朝、猟銃で頭を射ち、自殺した。あとには口とあごと頬の一部がころがっていた。享年六十二。

わたしには彼の心境がよくわかる。

ああ、かのヘミングウェイですら、老いてはかくの如し。

いわんや、わたし如き自殺する勇気すら無い小物は……。

どうすりゃいいのか……?

さんざん悩んだあげく、〈小物は小物らしく〉とあきらめ、先ずは目、歯、肺の治療からと根気よく病院通い。不快な生活習慣病の治療はサプリメント（栄養補助剤）の助けを借りた。尾籠な例で恐縮だが、かつての朝は「気持ちのいい大便からスタート」したものだが、近頃は腸の働きが悪くなり、朝になっても出るものが出ない。そこでサプリメントの食物繊維や酵素を摂取し、やっとのことで「排泄の快楽」をとり戻した。夜は夜とて小便の回数が異常に増え、難儀したが、ノコギリヤシやカボチャ種子のエキスの力を借りた。関節痛には非変性Ⅱ型コラーゲンやプロテオグリカンの力を借りた。サプリメント業界は今や通信販売の花ざかりで、誇大広告が多く、玉石混淆。選ぶのに迷う。だから研究熱心な同世代の仲間との情報交換が肝要である（わたしはそうしている）。

ご参考までに、わたしが服用しているサプリメントの類を章末に挙げておきます。

雨情礼賛

年をとると、若い頃とは嗜好まで変わってくる。
昔は雨が嫌いではなかった。雨情礼賛……。
疲れた日など、しみじみと雨が懐かしかった。

たのしみは昼寝せしまに庭ぬらし　降りたる雨をさめてしる時

これは大好きな幕末の歌人、橘曙覧《たちばなあけみ》の「独楽吟」中の一首。素直に共感！
雨はよく季節を教えてくれる。ひとくちに雨といっても、日本には数多くの雨がある。季節の変化に富み、四季が鮮明な列島ならではの文化的所産ではあろうが、雨によって呼び方がちがう。春雨《はるさめ》、小糠雨《こぬかあめ》、五月雨《さみだれ》、梅雨《つゆ》、驟雨《しゅうう》、霧雨《きりさめ》、夕立《ゆうだち》、村雨《むらさめ》、篠《しの》突く雨、雷雨、通り雨、狐の嫁入り、大雨、小雨《こさめ》、秋雨《あきさめ》、時雨《しぐれ》、氷雨《ひさめ》……。

ひとつひとつ降ってくるのを仰いでいると、疲れた心がやわらいでくる。それがいつの頃からか、鬱陶しくなってきた。これではいけないと反省し、雨の日の外出を楽しむ工夫を始めた。

先ずは雨具である。

外出時の必需品――雨傘、レインコート、雨靴、以上三点のうち、靴は前々から気に入っているゴム底の半長靴を夏用、冬用と揃えて持っているが、この際、傘とコートは思い切って新調することにした。行きつけの東急ハンズで、強風に負けない洒落《しゃれ》た色の折りたたみ傘と、通気性がよくて撥水能力もすぐれた軽いハーフコートを見つけた。ついでに雨に強い帆布製の小型鞄も買った。

現金なものである。こうなると、雨の日が待ち遠しい。

待ちこがれた雨の日がやってくると、朝っぱらから外出した。忘れていたヴェルレーヌの詩が、忘却の淵から亡霊のようによみがえってきた。

「巷《ちまた》に雨の降るごとく
わが心にも涙ふる
心の底ににじみ入る
このわびしさは何ならん」
呟きながら歩いた。雨はわたしの鬱屈を綺麗サッパリと洗い流し、癒してくれた。
〈この続きはどうだったっけ？〉
たしか……。
「大地に屋根に降りしきる
雨の響きのしめやかさ
うらさびわたる心には
おお、雨の音　雨の唄」
こうだったように思うが、自信がない。デタラメ……？　ああ、腹が立つ。
〈畜生！　耄碌《もうろく》爺イ！　くたばり損《ぞこな》い！〉

思いつくまま、自分自身にありったけの罵声を浴びせ、わが頭を小突いた。

しかし満足だった。

〈このお調子者め！〉

わたしは内心のどこかで、自分を軽蔑したが、足どりは軽かった。

妻子むつまじく

さて、先に曙覧の「独楽吟《どうらくぎん》」中の一首を挙げたが、彼は福井に生まれた歌人である。幕末の賢人藩主・松平春嶽がその才を愛し、何度も仕官をすすめたが、そのたびに断り、市井でひっそりと家族をいつくしみ、誰をも恨まず、ひたすら歌を詠んで生涯を終えた。どん底の貧困生活を「楽しみ」に変換し、充実した人生を実現した。

わたしが「独楽吟」を知ったのは函館師範学校の付属小学校五年生のときだった。担任の後藤鉄四郎先生が、

「大きくなったら、この歌の良さがだんだん判るようになる」

と教えてくれたが、その通りだった。
以下に「独楽吟」五十余首の中から愛唱する歌を幾つか挙げてみよう。

たのしみは妻子《めこ》むつまじくうちつどひ　頭ならべて物を食ふ時
たのしみは朝おきいでて昨日まで　無かりし花の咲ける見る時
たのしみは常に見なれぬ鳥の來て　軒遠からぬ樹に鳴きし時
たのしみはまれに魚《うお》煮て児等《こら》皆が　うましうましといひて食ふ時
たのしみは銭《ぜに》なくなりてわびをるに　人の来りて銭くれし時
たのしみは心をおかぬ友どちと　笑ひかたりて腹をよる時
たのしみはとぼしきままに人集め　酒飲め物を食へといふ時

第二話　いつかどこかで

わたしがこれから語ろうとしているのは、通称、堀江のオッちゃんこと堀江光男についてである。

子供の時分から利《き》かん気の餓鬼だったわたしに目をかけてくれた人は、身内をのぞけば、たったの三人しかいない。

自業自得《じごうじとく》だ。

母はわたしが三歳のとき病《やま》いに伏し、その二年後には他界した。わたしを育ててくれたのは、田舎の小学校を卒業後、わが家に奉公にきた子守《こもり》女中、ねえやの竹ちゃんだった。だから子供同士の喧嘩にまきこまれたときは、竹ちゃんだけがたよりで、竹ちゃんがいない時は、自分で自分を守るより外に術《すべ》はなかった。

わたしは近所でも評判の腕白坊主になった。小学生のときは近隣の悪童連中から目の敵《かたき》にされた。「悪たれ童子《わらし》」というのが、わたしにつけられた諢名《あだな》だった。

大きくなっても、わたしを文句なしに愛してくれた人は、三人しかいない。一人は旧制中学の数学教師、残間壮吉先生。もう一人は旧制高校の恩師、英文学者の野崎孝先生。最後の一人は堀江のオッちゃんである。

オッちゃんのことを思い出すと、いつも切なくて、胸が痛くなる。

堀江光男は国際的に著名なクラシック・オルゴールの蒐集家だった。

わたしが彼のことを「オッちゃん」、令夫人のことを「オバちゃん」と呼ぶようになったのは、もう遠い昔だ。

わたしが一九五一（昭和二十六）年から五四年まで三年間過ごした国立大阪大学学生寮は、大阪市JR片町線の鄙《ひな》びた町、鴻池新田にあった。

わたしはふとした縁から、土地の旧家、堀江家と親しくなった。当時、しがない「町工場の大将」と呼ばれていた堀江光男は、やがて成功して大資本家になり、西宮市六甲山麓の超高級住宅地「苦楽園」に広大な地所を購入、大邸宅のあるじとなった。

この家は神戸市北野界隈の異人館などと並ぶ「兵庫県名家百選」に指定されて

いる。

彼は七十歳を過ぎてからは、毎年夏の暑い盛りは軽井沢の別荘で過ごした。別荘はモミとカエデの森閑《しんかん》とした昼も小暗い林の中にあった。千坪の敷地にビロードのような苔がすきまなく繁茂し、幾条もの木漏れ日が美しい縞模様を描いていた。

彼は町なかへ出かけない日は、ベランダの籐椅子に坐りこんで、飽きずに庭を眺め、一日を過ごす。

そのオッちゃんが西欧の古いオルゴールの妄執にとり憑かれたのは、七十を半ばすぎた頃、たしか七十八歳のときだったと思う。オランダに住んでいる長女一家を訪れたとき、公園で耳にしたストリート・オルガンのうら寂しげな音色がきっかけだった。さらにまたオランダの帰途、立ち寄ったロンドンの骨董店《アンティークショップ》の古いオルゴールの音色が、彼の思いをいや増した。

帰国後は国際的なクラシック・オルゴール・マーケットの情報を集め、クリスティやサザビーズのオークションに参加。アメリカで発行されているカタログを日夜眺め、これも欲しい、あれも欲しいと狂ったように買い漁った。オバちゃんが亡くなってからというもの、オッちゃんの「物狂い」を制御する人は誰もいなかった。

オルゴールの歴史

ここらでちょっとペンを措き、代表的なオルゴールのタイプにふれておこう。

人類は遠い昔から、絵や記号、文字など、いろいろな記録方法を考え出してきたが、音を記録する方法が発明されたのは、ずっと後世、十八世紀に入ってからである。

それまでは生演奏以外に、音楽を楽しむことが出来なかった。作曲家や演奏家をお抱えできたのは、王侯貴族に限られていた。

人類が音楽を記録し、それを再現する夢に本格的に挑戦したのは、十九世紀から二十世紀初頭にかけての約百年間である。

この華麗な夢の実現に初めて成功したのは、一七九六年にスイスで発明された

「シリンダー・オルゴール」である。

この時期は、十八世紀後半にヨーロッパ各地で起きた市民革命により、それまで王侯貴族の専有物であった「音楽」が市民社会のものになり始めた時代である。音楽を低コストで楽しめるオルゴールの発明は、市民社会の夢だった。モーツァルトはこの頃、自動オルガンのための小曲を作曲している。

十九世紀に入ると、いよいよベートーヴェンやシューベルトの活躍が始まる。シリンダー・オルゴールのメカニズムは、金属の円筒（シリンダー）に打ちこんだピンで、長さの違う鋼鉄製の櫛歯をはじき、いろんな音を出すしくみである。最初のオルゴールは、ナポレオン一世のお抱え時計職人や、スイスの時計職人たちが製作した。フランスにはすぐれた時計職人が沢山いたが、一八一二年のナポレオンの帝政ロシアへの大遠征や、翌年のプロシャとの戦争の戦火をのがれて、国境に近いスイスに移り住んだため、スイスがオルゴール製造の中心地となった。

シリンダー・オルゴールは、その後改良に次ぐ改良を重ね、一八三〇年頃には、いろいろな楽器の音を組み合わせたオーケストラが可能となった。

この頃から、オルゴールの生産は、手工業の域を脱し、大規模な生産工場と大勢の労働者をかかえる一大産業として成熟した。

一八六〇年以降になると、オルゴールを納める箱の装飾合戦の時代に入る。当時の家具装飾や室内装飾にほどこされた、こみいった曲線や様々な模様、入念な象牙細工、豪華なロココ調の彫刻が外箱を飾り、内装には美しい陶板の絵がはられた。

一八七〇年代から八〇年代は、シリンダー・オルゴールの最盛期であった。需要の拡大とともに、オルゴールはヨーロッパの各地で製造されるようになった。人びとはあらそってオルゴールを買い求めたが、まだまだ一般の庶民には高値なため、もっと安いオルゴールの出現が待望された。大量生産に向くものでなければならなかった。

このような時代背景のもとに、一八八五年、イギリスとドイツで「ディスク・オルゴール」が発明された。

この機構は、回転する円盤（ディスク）の突起が歯車を廻し、その爪が櫛歯をはじいて音を出すしくみである。

ディスク・オルゴールは、主としてドイツで量産された。

わたしの貧弱な知識では、複雑怪奇にさえ見える精巧なオルゴールのメカニズムが、オッちゃんにとっては興味津津らしく、新しい高価なオルゴールを入手するたびに装置を分解して、

「こんな面白い物はない」

と、日がな眺めている。まるでオモチャをいじくる頑是《がんぜ》ない子供である。

「最初に手に入れた一台は、わしがあんまりいじくりまわしたもんやから、壊れてしもた。惜しいことをした」

彼は思い出して、そう慨嘆した。

オルゴールの運命

ちなみに、「オルゴール」というのは日本独自の名称である。西欧では「ミュージック・ボックス」と呼んでいる。

ものの本によれば、「オルゴール」という名称が生まれた経緯《けいい》は、織田信長と豊臣秀吉が戦国を統一した安土桃山時代（一五七三〜一六〇四）にまでさかのぼらねばならないという。当時、オランダ人が日本へ持ち込んだ不思議な音を出す木箱に驚いた人びとは、目を丸くして「これは何というものか?!」

オランダ人、答えて曰く。

「オルゲルなり」

オランダ語の「オルゲル」は、英語なら「オルガン」である。人びとが初めて目にした不思議な木箱の正体はオルガンだった。

この「オルゲル」が訛って「オルゴル」になり、いつしか今日の「オルゴール」になったらしい。

オッちゃんが買いまくったオルゴールは、めぼしいものだけでも三百台に達した。

彼がロマノフ王朝最後のロシア皇帝ニコライ二世のもち物だったオルゴールの噂を耳にしたのは、いつのことだったろう。

ある朝、彼から突如、

「ロマノフ家のオルゴールを手に入れた」

という電話をうけた。

わたしが苦楽園の大邸宅のしきいをまたぐと、家じゅうがオルゴールの倉庫と化し、一番奥の、亡くなったオバちゃんの位牌をおさめてある佛間にまで、何台か運びこんであった。

わたしは吸いよせられるように、巨大なオルゴールの谷間に、そこだけポッカリ穴があいたように、静かに鎮座している楚々とした雌雄一対のオルゴールに目をこらした。

〈これがロマノフ家のオルゴールか……〉

黒いほうは、ニコライが子供の頃から慣れ親しんできたオルゴールであった。光沢を放つウルシ塗り、高さ一・三メートル、幅一・六メートルのシリンダー・オルゴールで、金のモールで意匠をこらした黒檀のキャビネットに、セーブル焼きの陶板三枚がはめられていた。一八七八年、父王アレクサンドル三世が、十歳の愛児ニコライの誕生日の祝いに、スイスに注文して作らせた品物である。

もう一台のほうは、一九〇〇年、ヨーロッパで開催された第五回パリ万国博覧会に出品中、ニコライの目にとまった。彼はあたりを圧する優雅な気品に目をみはり、恋女房のアリックス皇后のため、即座に買い取った。高さ一・一メートル、幅〇・八メートル、繊細な金細工の装飾をほどこされたふくらみのある見事な茶のキャビネットに、ゆるやかな曲線の四本の脚がついたこのスイス製のディスク・オルゴールは、なによりも全体にただよう気品が素晴らしかった。

〈このオルゴールは、むかしの女主人のむごたらしい末路を知っているのだろうか？〉

わたしは寝苦しい一夜をすごした。

一九一七（大正六）年のロシア革命でレーニンの指導によりソビエト政権が成立するや、ニコライ二世と皇后、それに四人の皇女と十四歳になる皇太子の一家全員が拘束され、ロシア中部のエカテリンブルグの一軒家に幽閉された。

真夜中の十二時ごろ、皇帝一家全員が寝ているところを叩き起こされ、階下の食堂に集められた。

ただちに処刑を宣告された。

銃殺隊が銃弾を浴びせ、全員が床に倒れた。

兵たちは死体の確認を行ない、第四皇女アナスタシアにまだ息があるのを見つけると、銃の台尻で頭をなぐり、さらに銃剣で体じゅうを突き刺した。

血の海の中で、皇太子アレクセイがうめいた。兵士は拳銃を頭につきつけ、息の根をとめた。

銃殺隊は死体を全部野外へ運び出し、斧で切りきざんだのち、石油と硫酸をかけ、焼き捨てた。

ロマノフ家のオルゴールでなくても、クラシック・オルゴールは、どれも自分の物語を持っている。彼らのかつての持ち主がそうであったように。あるものは栄光の、あるものは数奇な、またあるものは妖しい、そして中には悲惨な物語を……。

しかしかつてヨーロッパやアメリカの各地で隆盛をきわめたオルゴール産業は、実は僅か百年で滅びてしまった。

一八七七年にトーマス・エジソンが蓄音機の実用化に成功した。彼が発明した蓄音機、つまり録音・再生装置は、オルゴールにくらべると、値段が比較にならぬほど安く、使用法も簡便だった。

オルゴールのいのちは絶たれた。

いつかどこかで

わたしが大学を卒業して東京へ就職し、半年ばかりたつと、オッちゃんは、
「ガンちゃん、元気かいな？　淋しうてかなわん。そろそろ顔を見せてくれよ」
と電話をかけてよこした。

「ガンちゃん」というのは、学生時代のわたしの諢名だった。

オルゴールの蒐集熱が幾分おさまった頃から、オッちゃんの心臓がめっきり

弱った。

平成十二年の夏、大阪は三十七度を越す炎天が一カ月以上続き、東京も記録的な酷暑に見舞われた。

わたしは軽井沢の別荘に避暑中のオッちゃんから、

「ガンちゃん、会いたい。来てくれんか」

と、哀れっぽい声で呼び出された。

行ってみたら、オッちゃんはベッドで気息奄々《えんえん》。この暑いさ中に、

「足が冷えてたまらん」

と、ぶ厚い毛織物の靴下をはき、酸素ボンベの世話になっていたが、わたしの顔を見るなり、ニコッと笑って、

「よう来てくれたな。ありがとう。今夜は万平へ行こう。なんかおいしい物を食べよやないか」

万平というのは、旧軽井沢にある一八九四（明治二十七）年開業の「万平ホテル」のことである。わたしはあの時の彼の嬉しそうな声音を、今もって忘れられ

ない。

しかしオッちゃんはベッドから立ち上がると、足もとがふらついた。車椅子の世話にならなければ、もうどこへも行けなかった。

翌年、脳梗塞で倒れ、今度こそ本当に寝たっきりになった。


オッちゃんが二度目の脳梗塞で倒れたのは二〇〇三（平成十五）年八月、九十二歳の夏であった。知らせをうけたわたしは、とるものもとりあえず、札幌から西宮市の脳神経外科病院へかけつけた。

「オッちゃん、いま着いたよ」

と声をかけると、彼は焦点の定まらぬ目を開けてわたしを見たが、またすぐ閉じた。目に生気が全くない。わたしが誰なのか判らないらしい。入歯をはずしているので、口元がへこみ、皺が目立ち、いっぺんに十も老けて見えた。わたしはハタチを過ぎたばかりの若造の頃からずっと慕ってきた彼の、こんな死人のような顔を見るのがつらかった。可哀想でたまらなかった。つきそいさんの話によれば、どういうわけか、彼は意識がもどったものの、病院のＭＲＩ検査も、治療薬も、リハビリーも、受けつけるのを頑として拒絶しているという。三度の食事すらこばむという。

わたしが悲嘆にくれていたら、彼がいつのまにか目をあけて、ベッドの中からそろりそろりと手を出し、わたしのヒザにそっと置き、かすれた声で、

「よう来てくれた」

と言った。痛々しいほど、舌がもつれた。

「お医者さんの言うことをきかなきゃダメだよ。早く良くなって、また軽井沢に行こう」

わたしがそう声をかけると、オッちゃんは嬉しそうに微笑んだが、見舞いにきた長女一家やつきそいさんを病室から追い出し、誰もいなくなってから、こう口をひらいた。

「ガンちゃん、たのみがあるんや。僕はもう死にたいんだ。どんなにみっともない死に方でもいいから、このまま死なせてくれ。死にたいんだ」

舌が縺《もつ》れ、よだれがアゴを伝って枕を濡らした。

一呼吸おいて、こう続けた。

「僕は頭がこわれたんだ。頭の中がまっ白で、人の名前も、おいしい物も、もう思い出せない。だんだんケダモノになっていく。だから人間で終わりたいんや」

これだけ喋るのがやっとだった。ろれつは乱れているが、声色はしっかりしていた。言い終わるや、疲れきったように、昏睡状態に堕《お》ちた。

わたしは涙があふれてきた。

〈オッちゃんは、このまま、死ぬ覚悟なんだナ……〉

泣いていると、不意に胸の底から、天啓のように、奇妙な安らぎに似た感情が湧いてきた。

どこかはわからないが、いつかオッちゃんと、どこかで再び会えるような気がした。

「さよなら、オッちゃん」

別れを告げて、病院を辞した。

涙はとまらなかった。

参考　不快な老人性疾患の治療薬

年をとると、若いうちは夢にも思わなかった厄介な老人性疾患に四六時中悩まされる。八十五をすぎると、一年前、いや半年前とくらべて、めっきり弱る。ヤレ膝が痛い、ヤレ腰が痛む、小便が近い、三日も四日も便通がない、パンパンに腹が張る……そんな不快な症状が続くと、長生きを呪いたくなる。

以下にわたしが治療目的で使用している常備薬をリストアップするが、その前に、わたしの薬に対する心がまえを述べておきたい。

わたしは薬というものは全て毒であると思っております。よく「薬と毒は表裏一体」といわれるが、薬には体の悪い部分を治す働きがあると同時に、他の正常な部分にダメージを与える副作用もあります。

だからわたしは、自分の常備薬としては、口の悪い医者が「毒にも薬にもならぬ」と嘲笑するサプリメント（栄養補助食品）や、できるだけ副作用が少ない漢方薬を選ぶようにしている。どうかそれを念頭において以下のリストをご覧願いたい。

膝痛　治療

「清駿ＥＸ」九州自然館（非変性Ⅱ型コラーゲン・プロテオグリカン含有）

腰痛　鎮痛消炎外用薬

「モーラステープ」久光製薬

健康維持

「マルチビタミン&ミネラル」大塚製薬

「にんにく卵黄」九州自然館

便秘　治療

「快腸丸」（生薬製剤）久光製薬

「酵素（乳酸菌）」日本盛

「新谷酵素プラス補酵素」富士産業（株）

「北の大地の青汁」（１００％北海道産クマザサ）（有）野草酵素

睡眠 促進

「グッスミン 酵母のちから」ライオン(株)

頻尿 治療

「スッキリ野草 南国牡丹」(有)野草酵素

「ノコギリヤシ・リコピンプラス」アサヒカルピスウエルネス(株)

第三話　広尾界隈

寄り道をした。少し先を急ごう。

この春、東京の友人、長谷川慶太郎君が病気入院した。奥さんから知らせを受け、わたしは重い腰を上げ、お見舞いに上京した。

長谷川はどなたもご存じの通り、日本で最も著名なエコノミストの一人だが、わたしと同じ大阪大学の卒業生である。とはいっても、彼は工学部出身、わたしは経済学部出身。だから、教室では一度も会ったことがない。

わたし達は阪大新聞編集部の仲間だった。

卒業してから四十年ばかり後のことだが、朝日新聞の「新人国記」に連載された彼の履歴は、冒頭のこういう自己紹介からスタート。

「一九五三年、大阪大学工学部卒。というよりも阪大新聞編集部卒」

卒業後四十年もの歳月を経て、なおも「阪大新聞編集部卒」と名乗りを上げるというのは、それが単なる青春の一里塚であったばかりではなく、本人の思想や人格の形成に、あるいは人生そのものに、深くかかわっているからだろう。

わたしが入学したのは一九五一年、長谷川の一年後輩である。時に長谷川二十四歳、わたしは二十三歳。卒業までの三年間、わたしは前話で述べた大阪の鄙びた町「鴻池新田」の阪大学生寮で暮らし、ここから中之島の編集部へ通った。この町で堀江のオッちゃんと出会った。

当時、阪大新聞に在籍した十名ほどの編集部員は、稲毛真喜男、佐藤博司、岡崎守男、武村富士雄など、一風変わった学生ばかりだった。今はみんな向こうへ行ってしまって、こちらに残っているのは長谷川とわたしだけになってしまった。淋しくなった。

さて、長谷川はどういう学生だったかというと、彼は毎朝、几帳面に工学部の校舎へ通う。校門で教授に会うと、

「お早うございます。今朝は冷えますすな」

と、いちいち丁寧に挨拶する。

一見、まことに真面目な学生である。

しかしそこから先は、どこの教室にも、姿が見当たらない。

〈いったい、何処へ消えたのか？〉

と、教授たちの話題になったほどだ。

彼は校門から、まっすぐ阪大工学部図書館へ向かうのである。

そこには軍事科学に関する過去の貴重な資料が無尽蔵に集められていた。旧帝国陸軍の技術本部高等官集会所発行の月刊「軍事と技術」なんていう長年にわたる研究専門誌まで、バックナンバーが全冊揃っていた。

ちなみに、敗戦まで、大阪には日本最大の兵器工場があった。大阪城公園のそばに、敷地三十五万六千余坪、建坪十二万坪、東洋一の広大な規模をもつ大阪陸軍造兵廠がそれである。弾丸、大砲、戦車をはじめとするほとんど全兵器を生産する巨大工場と、兵器研究所があり、七万人の職工が昼夜の別なく働いていた。

だいたい、阪大工学部そのものが、かつての大日本帝国造兵学の本山であった。今の阪大工学部「精密工学科」は、すなわち「造兵学科」である。かつての「航空工学科」は敗戦後、アメリカ占領軍によって航空機生産が禁止されたため、

「造船学科」に吸収されたが、朝鮮戦争の勃発後、再び息をふきかえしつつあった。G・H・Qすなわち連合国最高司令官総司令部は、昭和二十七年には廃止になるのだが、それまで図書館には軍国日本の技術の粋が、そっくり手つかずに残されていた。長谷川の言葉をかりれば、これらの文献の山を前にすると、

——よだれが出る。

——身ぶるいする。

そうだ。彼にとっては宝の山なのである。

当時の彼の最大の研究テーマは「第二次世界大戦」であり、米、英、独の原書を含む過去の遺産をむさぼるように読んだ。

長谷川はあの頃から、見たこと、読んだことを何ひとつ忘れず、脳ミソにファイルしてあるのではなかろうか。博学無双、彼自身が図書館みたいなものだ。図書館が歩きまわっているのである。

彼はきまって午後三時になると、中之島の編集部へあらわれた。それを追いかけるように、稲毛や岡崎もやってきた。

〈いかん、いかん！　こりゃいかん！　また横道へそれてしまった……。〉

ジュエリー工房「アトリエZEPHYR《ゼファー》」

四月上旬、わたしは長谷川の見舞いに上京した。いつもの通り、中目黒駅で東急東横線に乗りかえ、佑天寺駅で下車、そこからタクシーで十分ほどの長谷川邸へ向かった。彼は日赤病院（日本赤十字病院）で検査の結果、病名が粟粒結核《ぞくりゅうけっかく》と判明。昔は命取りの難病と恐れられていたが、今では特効薬ができ、簡単に治るようになったそうだ。例によって彼の高説を拝聴し、昼食をご馳走になり、いとま乞いをしたのが午後三時頃。

さて、そろそろ第三章の第二話でちょっと紹介したわが子、娘のイズミについて触れたい。

娘は十年ばかり前に急逝した。

彼女は生前、わたしの原稿の清書係であり、熱心な読者でもあった。

長谷川邸の帰途、目黒川沿いの桜並木を観に寄り道した。目黒川には、折から八百本の桜が咲き誇り、花吹雪が川面をおおいつくしていた。わたしをここへ初めて連れてきてくれたのは、娘のイズミである。

わたしは上京するたびに、さして広くもない独り者の長女イズミの広尾の住居を、東京での自宅がわりに利用してきた。

もちろんそれ相応の対価は払っているが、なによりこの界隈の雰囲気と娘の手料理が気に入り、毎月三、四日、ときには一週間以上、ここで暮らすのを長年のならいにしてきた。

東京メトロ日比谷線「広尾駅」から彼女の住まいまで、徒歩で十分。若者と外人で賑わうシャレた駅前商店街を抜けると、今度は戦前の昭和の面影が残るごちゃごちゃした一塊《ひとかたまり》の古い商店街。そこを通り過ぎると、名刹・祥雲寺の広い境内につき当たる。

ここは筑前五十二万石、福岡藩主黒田家の菩提寺である。この一帯は空襲の被害を受けていないので、昔の大名家の立派な墓所を今に偲ぶことができる。

　山門の少し手前から右に延びているなだらかな坂道を進むと、前方右角に見えるのが、かつて美智子皇后が学んだ聖心女子大学の南門。

　左手の祥雲寺の土塀に沿ってだらだら坂をさらに進むと、閑静な屋敷や外国大使館が並ぶ日赤通りの三叉路に出くわす。

　実はイズミは、後述するように、昔わたしが東京に住んでいた頃、この先の日赤産院で生まれた。三叉路から日赤通りを少し行った横丁から四軒目の老朽した住宅兼用のジュエリー工房「アトリエＺＥＰＨＹＲ《ゼファー》」が、長年住み慣れた彼女の住まいである。

　広尾は散歩に向いた町である。歩いているうちに、ガーデンヒルズの森閑とした都会の谷間に迷いこんだり、鬱蒼と樹々が茂る有栖川公園にまぎれ込んだりして、飽きない。

在りし日の東京

東京の町は一九六四（昭和三十九）年にアジアで初めてのオリンピックが東京で開催される以前と以降とで、一変してしまった。わたしが「天才婆」の妻と世田谷区東松原町に世帯を構えた頃は、町中を縦横に路面電車が走り回っていた。そして至る所に川が流れていた。今では墨田区や江東区をのぞけば、そのほとんどが埋めたてられ、そこが川であったことさえ覚えている人は少ない。当時の東京は、文字通りの「水郷都市」であった。橋が多い都会だった。

長女イズミは一九五五（昭和三十）年秋に生まれたのだが、大阪から上京してきてまだ日が浅い妻ののぞみで、お産は赤十字病院のお世話になった。

病院への行き帰りは、今ならタクシーを利用しなければ不便だが、土地不案内な上に身重な彼女にとって、地上をゆっくり走る路面電車は、安心なことこの上なく、体も楽だった。電車は「渋谷駅前停留所」から、

「並木橋」

「渋谷橋」

「天現寺橋」

「広尾橋」

と、橋の名前がつく停留所を次々と通って、

「赤十字病院下」

まで、チンチン鈴を鳴らしながら、のんびり走った。

橋の下には江戸の面影をとどめる清らかな川が流れていた。人々の暮らしには、依然として戦前からの昭和が続いていた。

イズミはそういう東京の日赤産院で生まれ、育ち、再び赤十字病院のすぐそばに居を構えた。

わたしは上京するたびに、彼女をさそって東京じゅうをあっちこっちぶらついた。天気のいい日は、二人でよく隅田川の水上バスに乗り、船遊びを楽しんだ。本所、深川は川と運河と橋の町だ。横十間川の天神橋、小名木川の高橋、大横川の黒船橋など、桟橋ごとに乗降し、春風駘蕩、日が暮れるまで遊びほうけたものだ。娘を連れて、都内だけではなく、一、二泊で近県の町々を散策した。

わたしたち親子は、あのような破局《カタストロフ》が前途に待ちかまえていようとは、夢だにも思わなかった。

別盃

イズミは五十の坂が目の前に迫っても、独身を通した。彼女が企画制作したジュエリーは、そのすじの専門店だけでなく、デパートの装身具売場でも好評だった。

わざわざ工房ZEPHYRへたずねてきて、好みの品を注文していく個人の贔屓客もあった。

天才婆は、娘が結婚しないのは、わたしが可愛がりすぎるのが原因だとわたしを責めた。わたしはその剣幕に辟易し通しだったが、ある日、娘の頭《あたま》髪に白髪《しらが》が二、三本まじっているのを発見して、さすがにあわてた。「おまえ、そろそろ結婚したらどうだい？」

「何よ、藪《やぶ》から棒に。お父さんの世話は誰がするのよ」

「お母さんがしてくれるよ」

「ムリ、ムリ」

その日はそれですんだが、妻の繰《く》り言《ごと》はいっそう激しくなった。

そんな夫婦間の険悪な空気を察したらしく、イズミは自分の母親にむかって、

「結婚、結婚って、急《せ》かせないでよ。わがままオヤジの世話は、最後まで私がみるんだから」

さすがに気の強い天才婆もあきれはて、目を剝いた。


イズミが呼吸が苦しいと言い出し、札幌医大病院で診察を受けたときは、もはや手後《ており》れであった。ガン細胞（乳ガン）がリンパ腺、肺など全身の臓器に転移し、もはや手術できる段階ではなかった。せめてもと、放射線治療、抗がん剤治療をこころみたが、どんなに手をつくしても、遅すぎた。

残された月日は僅か三カ月であった。

思えば、わたしとイズミは父と娘というよりも、人生の相棒という仲であった。わたしは朝から晩まで、病院へ通い詰めるのが日課になった。

前に述べたように、イズミはわたしの原稿の清書係であり、熱心な愛読者であった。わたしは担当医から彼女の余命を告知されて以来、おろおろするばかりで、ペンは一向にすすまなかった。

「お父さん、ちゃんと仕事しなさい。退屈だから、早く原稿の続きを読ませてよ」

彼女のほうがしっかりしていた。親の口から言うのはおこがましいが、彼女は自分がガンの末期患者だとわかっても、けなげだった。死にゆくわが身より、生き残るわたしの身を気づかった。

「お父さん、ご免ね」

わたしはイズミの別れの声が忘れられない。

最後に、イズミの天与の才能に触れておく。彼女は味覚が異常に研《と》ぎすまされていた。鋭いだけでなく、味の記憶力がよかった。
また、自分でその味を再現したいという欲望が強かった。
イズミはすぐれた料理人であった。

おわりに

本書の冒頭で述べたとおり、わたしは今春八十八歳になった。まわりの人は「米寿、おめでとうございます」と言ってくれるが、何がめでたいものか。長生きするってのは大へんなことだよ。ともかく、身体じゅうのあっちこっちが故障だらけ。痛いところばかり。

おまけに記憶力喪失。親友の名前が思い出せない。贔屓の居酒屋の名が思い浮かばない。好きな肴の名も、花の名も失念。阿呆なカラスみたいに、口をパクパクさせ、言葉にならぬ声を発するだけ。

長生きすると悪いことばかり起きる。ロクなことがない。

ああ、イヤだイヤだ。

つくづくと思う。

しかしながら、ヤケクソで言うわけではないが、長生きの効用が一つだけある。

いつ死んでもいいと思うようになったことだ。

死ぬことがさほど怖くなくなったことだ。

これは正直な告白である。

それから、古い思い出だが、今になって急に思い出したことが一つある。むかし、正月元旦に、一度きりの人生だからと気張って、これからどう生きたいか、考えたことがあった。思い起こせば、あれは昭和三十八年の元日のことだから、三十三歳か四歳の正月だった。古い日記帖から、その頁を左記に転記いたします。

「良きにつけ、
悪しきにつけ、
精一杯に生き、
自分の持っている能力の
ありったけを使い果たし、
もはや何等の欲望もなく、

死んでいきたい」

その日がとうとう来たようだ。

さて、最後に、わたしが作中で遠慮なく登場させた旧友たちに、心からの感謝とおわびを申し上げたい。どうかわたしの無作法をおゆるし下さい。

なおまた、引用した参考文献は、本書の通俗的な読み物としての性質上、できる限り、その都度、著者の先生のお名前と書名を挙げるように心がけた。謹んで諸先生にその無礼をお詫び申し上げるとともに、お礼を申し上げます。無作法の数々はどうぞご容赦ねがいます。

また、作中に登場ねがった方々の敬称を、おおかた省略させて頂いた無礼も、重ねておわび申し上げます。妄言多罪、多謝。

二〇一七年五月十九日

参考文献（五十音順）

『イスタンブール』ガリマール社・同朋舎出版編　一九九四
『イスタンブール歴史散歩』渋沢幸子、池澤夏樹著　新潮社　一九九四
『クラシックホテルの物語』中村嘉人著　エムジー・コーポレーション　二〇〇八
『現代の名酒二百選』稲垣真美著　三一新書　一九八六
『酒のうた』若山牧水著　沼津の文化を語る会　沼津若山牧水記念館　一九九五
『最新世界の国』森本哲郎監修・辻原康夫編　三省堂　一九九八
『シェリー、ポート、マデイラの本』明比淑子著　小学館　二〇〇二
『シャンパンの教え』葉山考太郎著　日経ＢＰ社　一九九七
『人生、70歳からが愉しい』中村嘉人著　亜璃西社　二〇一〇
『酒中趣』青木正児著　筑摩書房　一九八四
『大衆の心に生きた昭和の画家たち』中村嘉人著　ＰＨＰ研究所　二〇〇七
『橘曙覧「たのしみ」の思想』神一行著　主婦と生活社　一九九六
『中華飲酒詩選』青木正児著　筑摩書房　一九六四
『日本酒ガイドブック』松崎晴雄著　柴田書店　一九九五
『早わかり世界史』宮崎正勝著　日本実業出版社　一九九八
『函館人』中村嘉人著　言視舎　二〇一三
『古い日々』中村嘉人著　未来社　一九九四
『ポルトガルへ行きたい』菅原千代志、日埜博司著　新潮社　一九九五
『ほんものの日本酒選び』稲垣真美著　三一書房　一九七七
『山川　世界史』山川出版社　二〇一三
『ロマノフ家のオルゴール』中村嘉人著　未来社　一九九四

[著者紹介]

中村嘉人（なかむら・よしひと）

1929年、函館生まれ。大阪大学経済学部卒業。教師、雑誌編集者、会社経営者を経て文筆業に入る。道銀文化財団副理事長、堀江オルゴール博物館常務理事ほか。札幌市民芸術祭実行委員会委員。著書に『ロマノフ家のオルゴール』『古い日々』（以上未来社）『池波正太郎。男の世界』『経営は人づくりにあり』『大衆の心に生きた昭和の画家たち』（以上 PHP 研究所）『定年後とこれからの時代』（長谷川慶太郎氏との共著、青春出版社）『時代小説百番勝負』（筑摩書房）『人生、70 歳からが愉しい』（亜璃西社）『函館人』『いまからでも遅くはない』（言視舎）など。

装丁………佐々木正見
DTP 制作………勝澤節子
編集協力………田中はるか

シニアライフの本音
充実 80 代の快適生活術

発行日❖2017 年 7 月 31 日　初版第 1 刷

著者
中村嘉人

発行者
杉山尚次

発行所
株式会社言視舎
東京都千代田区富士見 2-2-2　〒 102-0071
電話 03-3234-5997　FAX 03-3234-5957
http://www.s-pn.jp/

印刷・製本
㈱厚徳社

ISBN978-4-86565-099-0 C0095
JASRAC 出 1707440-701

978-4-905369-69-1

函館人

「函館人」はなぜ自由主義的なのか？　古くから交易基地として知られた港町・函館を舞台にくりひろげられた幾多の人間ドラマ。函館を舞台にした歴史小説などに描かれた「函館人」をさぐる。古い写真・地図、多数。

中村嘉人著

四六判並製　定価 1600 円＋税

978-4-905369-91-2

いまからでも遅くはない
北の言論人の知恵

老後の生き方がみえてくる。高齢者に力をあたえる１冊。1930 年から 30 年以上にわたり新聞、文芸誌や会員誌に書いてきたコラム・エッセイを収録。これからを楽しむ術、愛と友情、食・酒、生老病死、人生そのものを教えてくれる。

中村嘉人著

四六判上製　定価 2000 円＋税

978-4-86565-096-9

日本人の哲学名言100

吉本隆明から日本書紀へと遡源する、日本と日本人の哲学の「箴言集」＝名言と解説。この１冊に日本の哲学のエッセンス＝おもしろいところを凝縮した決定版。「ベスト 100」に選ばれたのは誰か？

鷲田小彌太著

四六判並製　定価 1600 円＋税

978-4-86565-095-2

精読　小津安二郎
死の影の下に

小津映画を書物と同様の手法で精密に分析することを主張する著者が小津の代表作を縦横に読み解く。精読することで明らかになるディテールに込められた小津の映像美学の核心、そして戦争と死の影。

中澤千磨夫著

四六判並製　定価 2200 円＋税